Bia

LA REINA DEL JEQUE
CAITLIN CREWS

Editado por Harlequin Ibérica.
Una división de HarperCollins Ibérica, S.A.
Núñez de Balboa, 56
28001 Madrid

I.S.B.N.: 978-84-9188-080-6
Depósito legal: M-10885-2018
Impresión en CPI (Barcelona)
Fecha impresion para Argentina: 10.12.18
Distribuidor exclusivo para España: LOGISTA
Distribuidor para México: Distibuidora Intermex, S.A. de C.V.
Distribuidores para Argentina: Interior, DGP, S.A. Alvarado 2118.
Cap. Fed./Buenos Aires y Gran Buenos Aires, VACCARO HNOS.

Capítulo 1

NO HUBO ninguna advertencia.

Ningún desconocido de expresión seria y destemplada observándola entre las sombras. Ningún silencio en las conversaciones cuando entró en la cafetería del diminuto pueblo canadiense, en la Columbia Británica. Ninguna de las habituales llamadas perdidas en su último móvil desechable, indicando que la soga estaba cerrándose a su alrededor.

Pidió una taza de café bien caliente para defenderse del frío de las Montañas Rocosas de Canadá y, mientras entraba en calor, comprobó su correo. Había un mensaje de su hermano mayor, Rihad, al que no hizo caso. Lo llamaría más tarde, cuando estuviera menos expuesta. Cuando estuviera segura de que sus hombres no podían localizarla. O los hombres de Kavian.

Y entonces, de repente, levantó la mirada. Algo, no sabía qué, hizo que el corazón se le encogiese un segundo antes de que él tomase asiento frente a ella.

–Hola, Amaya –le dijo con toda tranquilidad, mientras ella tenía que contener un grito–. Encontrarte ha sido más difícil de lo que había pensado.

Como si aquel fuera un encuentro normal, en la tranquila cafetería de una zona remota de Canadá, donde había estado segura de que no podría encontrarla. Como si no fuera el hombre más peligroso del mundo para ella.

Kavian, que fingía una aparente calma mientras ponía las manos sobre la mesa, en notable contraste con el brillo de furia de sus ojos grises.

Como si no lo hubiera dejado a él, su Real Majestad, Kavian ibn Zayed al Talaas, jeque y gobernante de la fortaleza del desierto Daar Talaas, plantado casi ante el altar seis meses antes.

Amaya llevaba huyendo desde entonces. Había sobrevivido con el dinero que tenía en la cartera, y su habilidad para no dejar rastro, gracias a una red de amigos a los que había conocido mientras viajaba por todo el mundo con su desolada madre. Había dormido en casas de desconocidos, se había alojado en habitaciones de amigos, o amigos de amigos, y había recorrido kilómetros y kilómetros en medio de la noche para escapar de ciudades o países donde temía que pudiese localizarla. Lo único que quería en ese momento era levantarse de un salto y salir corriendo para lanzarse de cabeza a las heladas aguas del lago Kootenay, pero no tenía la menor duda de que Kavian se lo impediría.

Con sus propias manos.

Y no pudo contener un escalofrío al pensar eso.

Y uno más cuando Kavian esbozó una media sonrisa al ver su reacción.

«Contrólate», se dijo a sí misma.

Pero él la miraba como si pudiera leerle el pensamiento.

–Pareces sorprendida de verme.

–Pues claro que estoy sorprendida –dijo Amaya, aunque no sabía cómo había logrado articular palabra. Sabía que debía salir huyendo y que él esperaría que lo hiciera, pero no era capaz de apartar la mirada. Como la última vez que se vieron en el palacio de su hermano en

Bakri, durante su fiesta de compromiso con aquel hombre, Kavian parecía exigir toda su atención–. Pensé que los últimos seis meses dejaban claro que no quería volver a verte.

–Eres mía, Amaya –afirmó él, con una seguridad que le heló la sangre en las venas–. Deberías haber sabido que tarde o temprano te encontraría.

Su voz sonaba engañosamente serena en el silencio de la cafetería, pero eso no empañaba la amenaza que emanaba de ese cuerpo letal, todo músculo y sobria masculinidad; algo que era extraño para ella y, a la vez, fascinante. No se parecía nada a los hombres del pueblo que entraban y salían de la cafetería, con espesas barbas y gruesas chaquetas de cuadros para soportar el frío de las montañas.

Kavian iba vestido de negro de la cabeza a los pies y la camiseta que llevaba bajo una cazadora medio desabrochada mostraba más que esconder un torso como de granito. Su denso pelo oscuro, más corto de lo que recordaba, acentuaba las letales líneas de su rostro, brutalmente cautivador, desde la mandíbula de guerrero a la sombra de barba, como si no se hubiera molestado en afeitarse en varios días. Tenía una nariz recta, con personalidad, y unos pómulos marcados por los que un modelo daría cualquier cosa.

Parecía un asesino, no un rey. O tal vez un rey de pesadilla. Su pesadilla. En cualquier caso, estaba fuera de lugar allí, tan lejos de Daar Talaas, donde su inflexible autoridad parecía tan natural como el desolado desierto y las imponentes montañas que dominaban el remoto país.

Y la mayor catástrofe era que su corazón palpitaba enloquecido, con una mezcla de deseo y adrenalina, recordándole el traidor e inhóspito desierto donde había nacido y donde había pasado los primeros años de su vida, con el sofocante calor, las interminables dunas y esa luz cegadora...

Ella odiaba el desierto y se decía a sí misma que odiaba a Kavian del mismo modo.

–Eres muy emprendedora.

Amaya estaba segura de que no era un cumplido. De hecho, la miraba como si estuviese evaluándola, buscando alguna debilidad que pudiese explotar para su propio beneficio.

«Eso es precisamente lo que está haciendo», pensó.

–Casi te encontré en Praga hace dos meses.

–No lo creo, porque nunca he estado en Praga.

De nuevo, él esbozó una media sonrisa que la hizo tragar saliva. Sin duda, sabía que estaba mintiendo.

–¿Estás orgullosa de ti misma? –le preguntó. Amaya notó entonces que no se había movido desde que se sentó frente a ella. Estaba inmóvil, en guardia como un centinela. O como un francotirador–. Has causado un gran daño con esta ridícula escapada tuya. El escándalo podría desmantelar dos reinos y, sin embargo, aquí estás, mintiendo tranquilamente mientras tomas un café en la zona más salvaje de Canadá, como si no fueras consciente de tus responsabilidades.

No había ninguna razón para que eso afectase a Amaya como si hubiera recibido un golpe.

Era la hermanastra del rey de Bakri, pero no había sido criada en el palacio, ni siquiera en el país, como una princesa. Su madre se la había llevado con ella cuando se marchó de Bakri tras su divorcio del antiguo rey y su infancia había sido un doloroso remolino. Una temporada aquí, otra temporada allá. Yates en el sur de Francia o Miami, comunas artísticas en sitios como Taos, Nuevo México, o en las playas de Bali. Estancias en grandes ciudades, alojándose con los ricos y famosos en áticos de cristal o en suites de lujosos hoteles. Donde el viento llevase a Elizaveta al Bakri, donde hubiera gente que la adorase y pagase por el privilegio de su compañía. Donde encontrase un sucedáneo del amor que su marido no le había dado, allí era donde iban... mientras no fuese Bakri, «la escena del crimen» en opinión de su madre.

Que Amaya hubiese vuelto allí para acudir al entierro de su padre, a instancias de Rihad, había provocado desavenencias entre Amaya y su madre, para quien eso era una traición imperdonable.

Y, en parte, lo entendía. Elizaveta seguía amando a su perdido rey, pero su frustrado amor se había vuelto tan retorcido y envenenado con los años que no podía distinguirse del odio.

Pero no tenía sentido pensar en la complicada relación con su madre y mucho menos en la aún más complicada relación de Elizaveta con sus propias emociones. Desde luego, no resolvía aquel conflicto, o lo que Kavian veía como «sus responsabilidades».

—Te refieres a las responsabilidades de mi hermano, no a las mías —respondió, sosteniéndole la su dura mirada como si su repentina aparición no la afectase en absoluto. Y si lograba hacerlo durante unos minutos tal vez acabaría creyéndoselo.

—Hace seis meses estaba dispuesto a ser paciente contigo. No sabía cómo te habían educado, pero sabía que esta unión sería un reto para ti, y hace seis meses estaba dispuesto a enfrentarme a ese reto de una forma civilizada.

El mundo, inanimado desde que él apareció, se encogió hasta no ser más que un brillo de impaciencia en su peligrosa mirada. Gris y fiera, clavándose bajo su piel como una llama que no podía extinguir.

–Qué comprensivo por tu parte–replicó, irónica–. Es curioso que no dijeras nada de eso entonces. Claro que estabas demasiado ocupado fanfarroneando con mi hermano y representando un papel para los medios de comunicación. Yo no era más que un adorno en mi fiesta de compromiso.

–¿Eres tan vanidosa como tu madre? –le espetó él entonces–. Pues lo lamento por ti. Pronto descubrirás que el desierto no es benévolo con la vanidad. Te dejaré en los huesos para que veas quién eres en realidad, estés dispuesta a enfrentarte con la verdad o no.

Algo brillaba en esa fiera mirada suya, pero Amaya no quería saber lo que era, lo que significaba.

–Pintas una imagen encantadora –replicó, intentando parecer irónica. No entendía por qué seguía allí, charlando con él. ¿Por qué se sentía como paralizada cuando Kavian estaba cerca? Había ocurrido lo mismo en la fiesta de compromiso, seis meses antes. No, entonces había sido mucho peor, pero se negaba a pensar en ello cuando la miraba tan fijamente–. ¿Quién no querría correr al desierto en ese delicioso viaje de autodescubrimiento?

Kavian se movió entonces y eso fue peor que su alarmante inmovilidad. Mucho peor. Se levantó con una elegancia tan letal como natural que dejó a Amaya con la garganta seca y tiró de su mano para levantarla de la silla.

Y lo más absurdo fue que ella no protestó.

No salió corriendo, no se apartó. Ni siquiera intentó hacerlo. Cuando apretó su mano con la suya, grande y callosa, se le encogió el estómago. Se levantó demasiado rápido y trastabilló, a punto de caer sobre aquel hombre. Aquel desconocido con el que no estaba dispuesta a casarse.

Aquel hombre en el que no podía pensar sin que le provocase un incendio en su interior.

–Suéltame –susurró.

–¿Qué harás si no te suelto?

Su voz seguía siendo pausada, pero estaba tan cerca que la sintió retumbar en su interior. Su piel era de color canela y era tan alto que su cabeza solo le llegaba al hombro. Kavian había pasado toda su vida entrenándose en el arte de la guerra y eso estaba escrito en cada centímetro de su cuerpo. Podía ver la línea blanca de una antigua cicatriz en la orgullosa columna de su cuello y la mandíbula cuadrada, decidida.

Aquel hombre era un instrumento de guerra.

«Kavian es un hombre anticuado y solo hay una clase de alianza sagrada para él, los lazos de sangre», le había dicho su hermano. Y ella lo sabía. No podía fingir lo contrario.

Lo que no sabía era cómo iba a afectarla. Se sentía como si estuviera demasiado cerca de una hoguera, con el rostro a punto de quemarse por el intenso calor, sin saber hacia dónde o cuándo cambiaría el viento.

Kavian tiró de su mano e inclinó la cabeza para hablarle al oído:

–¿Vas a gritar? –le preguntó en voz baja. O tal vez no era una pregunta, sino un reto–. ¿Vas a pedir ayuda a estos desconocidos? ¿Qué crees que pasará si lo haces? No soy un hombre civilizado, Amaya. No vivo según las reglas de otros. Me da igual quién se ponga en mi camino.

Y ella se estremeció, tanto por el roce de su aliento como por lo que había dicho. O tal vez porque la apretaba contra su torso y seguía atormentada por lo que había pasado la última vez. Lo que ella no había hecho nada para detener. Pero eso había sido una locura del desierto, nada más, se dijo a sí misma.

No tenía más remedio que creer eso, porque era lo único que tenía sentido.

–Te creo, pero dudo que quieras terminar en las noticias. Eso sería un escándalo, me imagino que estarás de acuerdo.

–¿Es una teoría que quieres poner a prueba?

Ella se soltó la mano de un tirón y Kavian la dejó ir. Controlaba la situación desde el momento en que entró en la cafetería y no necesitaba sujetarla.

Amaya miró a su alrededor, asustada, y se dio cuenta de que había muy poca gente para aquella hora del día. Y los clientes que quedaban parecían evitar su mirada, como si alguien les hubiera dicho que lo hicieran o los hubiera compensado por ello. En la puerta había dos hombres fornidos, también vestidos de negro de la cabeza a los pies, y al otro lado podía ver un brillante todoterreno negro.

Esperándola a ella.

–¿Cuánto tiempo llevas siguiéndome?

–Desde que te localizamos en Mont-Tremblant, al otro lado de este enorme país, hace diez días –respondió él, con calma–. No deberías haber vuelto aquí si de verdad querías seguir huyendo.

–Solo estuve allí tres días –Amaya frunció el ceño–. Tres días en seis meses.

Kavian se limitó a mirarla como si estuviera hecho de piedra. Como si fuera un monolito inamovible.

–Mont-Tremblant era la estación de esquí preferida de tu madre. Supongo que por eso decidiste ir a una universidad de Montreal, para poder esquiar en tu tiempo libre.

–¿Cuánto tiempo llevas vigilándome? –le preguntó ella, con el corazón en la garganta.

Kavian sonrió entonces y su rostro le pareció tan increíblemente atractivo que hasta dudó de su cordura. Pero no había duda de que esa sonrisa la ataba a él, la hacía vacilar.

Y tenía la extraña sensación de que él lo sabía.

–No creo que quieras escuchar la respuesta –respondió, con un brillo burlón en esos ojos grises que iluminaban un rostro de guerrero. Y tenía razón, pensó ella. No quería escuchar la respuesta–. Aquí no, ahora no.

–Creo que me merezco saber desde cuándo me sigues como un acosador.

–Lo que te mereces es que te eche sobre mi hombro y te saque de este establecimiento –respondió él. Amaya nunca lo había visto perder la paciencia y su tono seco la sorprendió–. Y no te equivoques, si te hubiera encontrado en un sitio menos civilizado que Canadá no estaríamos manteniendo esta conversación. Perdí la paciencia hace seis meses.

–¿Me amenazas y luego te preguntas por qué salí huyendo?

–Me da igual por qué salieras huyendo. Puedes subir al coche o puedo subirte yo. Tú decides.

–No lo entiendo –Amaya no intentó ocultar la amargura de su tono, la angustia de haber caído en su trampa seis meses antes o el miedo de no poder volver a salir–. Podrías casarte con cualquier otra mujer. Seguro que hay millones de mujeres que sueñan con coronas y tronos. Y puedes ser aliado de mi hermano sin contar conmigo. No me necesitas.

–Pero te quiero a ti –afirmó él–. De modo que es lo mismo.

Kavian pensó por un momento que iba a salir corriendo y esa cosa salvaje que era parte de él, ese desierto que vivía en su interior, indómito, inconquistable y tan oscuro como la noche, deseó que lo intentase. Porque él no era la clase de hombre que Amaya conocía. No era un débil y complaciente occidental. Él había sido forjado en acero y dolor, había desbaratado traiciones y desmantelado rebeliones con sus propias manos.

Se había convertido en lo que más odiaba porque era un mal necesario, una carga que estaba dispuesto a soportar por el bien de su gente. Tal vez había sido una transición demasiado fácil, tal vez el sedimento estaba ya en él, pero esas eran preguntas para almas inquietas durante una larga y oscura noche. Él no tenía tiempo para eso. Y nunca había sido un buen hombre, solo un hombre decidido.

No solo la perseguiría, sino que disfrutaría de la caza.

Su fugitiva princesa, que le había dado esquinazo durante seis meses, demostrando ser la reina que decía no querer ser. La reina que él necesitaba.

–Corre, a ver lo que pasa –la invitó, como una vez había invitado a un aspirante a intentar quitarle el trono.

La gesta no había terminado bien para el ingenuo advenedizo. Por no hablar de la traidora criatura que había derrocado a su padre. Él no era un buen hombre, no. La mujer que se convirtiera en su reina no tendría la menor duda sobre eso.

Amaya se puso en jarras y lo miró desafiante, como

si estuviera a punto de darle una bofetada allí, en público. Y él deseó que lo hiciera. Aceptaría cualquier roce de sus manos.

Era tan bella como una frágil figurita de porcelana, pero había tenido el valor de plantarle cara sin encogerse cuando muchos hombres adultos no se atreverían a hacer lo mismo. Y eso lo ponía furioso.

Bueno, tal vez «furioso» no era el término correcto, pero provocaba en él una oscura reacción que lo apretaba como un torno. Tal vez era admiración por la fiera y digna reina que sería, si podía entrenarla para el papel. De hecho, no tenía duda de que podría hacerlo.

¿No había hecho todo lo que se había propuesto hacer, por traicionero que fuese el camino? ¿Qué era una mujer al lado de un trono reclamado, una familia vengada, la mancha de su alma? Aunque fuese aquella mujer, que luchaba cuando otras se habrían acobardado.

Y cuanto más lo desafiaba, más lo excitaba.

Su belleza lo había tomado por sorpresa. Al fin y al cabo, él era un hombre de carne y hueso y podía cometer los mismos pecados que otros. Aunque esa no era una revelación que le gustase demasiado.

Recordaba demasiado bien su encuentro con Rihad al Bakri, entonces solo el heredero al trono de Bakri, en la vieja ciudad de Daar Talaas, que durante siglos había sido un bastión inexpugnable. Y Kavian se encargaría de que siguiera siéndolo durante mucho tiempo.

–¿Quieres una alianza? –le había preguntado.

–Así es –había respondido Rihad.

–¿Y qué beneficio habría para tu país en una alianza conmigo?

Los tambores de guerra llevaban tanto tiempo sonando en la región que casi eran considerados como música local. Además, sabía que Rihad tenía razón, los poderes que los rodeaban imponían sus reglas con astucia y mano de hierro. Y, cuando eso no funcionaba, con misiles de largo alcance comprados con dinero extranjero. De ese modo, el mundo seguía adelante sangriento día tras sangriento día.

–Y tengo una hermana –había dicho Rihad al final de la reunión.

–Muchos hombres tienen hermanas. Aunque no todos tienen también reinos en peligro que necesitan el apoyo de mi ejército.

Porque Daar Talaas podría no ser un país tan rico como algunos de los países vecinos, pero no habían sido vencidos por un solo ejército desde que derrocaron al último sultanato otomano en el siglo xv.

–Creo que tú eres un hombre anticuado, como yo –había dicho Rihad con expresión sagaz–. Una alianza familiar es la mejor manera de unir a dos países.

–Dice el hombre que no se ha ofrecido a casarse con mi hermana –murmuró Kavian, con aparente despreocupación–. Aunque es su reino el que está en peligro.

Rihad sonrió porque sabía que no tenía hermanas y que sus hermanos habían muerto durante el sangriento golpe de Estado del predecesor de Kavian. Sin decir nada, le ofreció una tablet y pulsó el botón de «play» en el vídeo.

–Mi hermana –se había limitado a decir.

Era guapa, por supuesto, pero Kavian había estado rodeado de mujeres guapas durante toda su vida. Jóvenes presentadas ante él como postres para elegir o, sencillamente, coleccionar. Tenía en su harem una selección de bellezas femeninas de todo el mundo.

Pero aquella mujer era diferente.

Tal vez era el perfecto rostro ovalado o esa exuberante boca de labios carnosos mientras hablaba con Rihad, en un tono retador, desafiante. Y Kavian descubrió que eso le gustaba mucho.

Como le gustaba el largo y lustroso pelo oscuro, que caía sobre uno de sus hombros. Llevaba un top blanco de tirantes que destacaba su piel morena, aunque no parecía muy preocupada por su aspecto. Era la energía que emanaba, la luz de sus ojos euroasiáticos, del color del chocolate amargo, las largas pestañas negras que inspiraban a un hombre a mirar de nuevo, a mirar más de cerca, a hacer lo posible para no apartar la mirada.

Su voz era ligeramente ronca, con un acento extraño, ni norteamericano ni europeo. Movía las manos mientras hablaba y su rostro era muy expresivo. Nada que ver con la estudiada y elegante placidez de otras mujeres que conocía. Hablaba tan rápido y con tanta pasión que se sentía interesado en lo que decía. Más que interesado, excitado.

–A ver si lo adivino –estaba diciendo con tono irónico–. El poderoso rey de Bakri no es fan de Harry Potter.

Entonces empezó a reírse y su risa era tan clara y cristalina como el agua, lavándolo y dejándolo sediento, tan sediento...

Fue como un golpe, haciendo que le diera vueltas la cabeza, el efecto, tan inesperado y poderoso como un virus feroz, quemando todo a su paso y dejando atrás solo una palabra:

«Mía».

Pero Kavian se limitó a sonreír cuando el vídeo terminó.

–No sé si necesito una esposa en este momento –dijo lánguidamente.

Y entonces empezaron las negociaciones.

Nunca se hubiera imaginado que lo llevarían allí, a aquel sitio inhóspito cubierto de nieve, pinos y niebla, tan al Norte que el frío del invierno lo calaba hasta los huesos. Admiraba su desafío, lo deseaba. Sería la reina perfecta para Daar Talaas, pero también necesitaba una mujer que lo obedeciese.

Los hombres como su padre habían manejado esas conflictivas necesidades tomando más de una esposa, una para cada papel, pero Kavian no cometería los errores de su padre. Y estaba seguro de que podría encontrar todo lo que necesitaba en una sola mujer, aquella mujer.

–Escúchame –estaba diciendo Amaya, desafiante, como si aquella fuera una negociación en lugar de una inevitable conclusión–. Si me hubieras escuchado antes, nada de esto habría pasado.

–Te he escuchado.

–No es verdad.

La había escuchado en Bakri, o había querido hacerlo, pero Amaya se dio a la fuga. ¿De qué serviría escucharla? Sus actos hablaban por ella.

–La próxima vez que te escuche será en la vieja ciudad de Daar Talaas, donde podrás correr en todas direcciones sin encontrar nada más que el desierto y a mis hombres. Te escucharé si hace falta, pero todo terminará igual. Estarás debajo de mí, en la cama, y todo esto habrá sido una absurda pérdida de tiempo.

Capítulo 2

KAVIAN se volvió entonces hacia la puerta. Todas las salidas estaban bloqueadas por sus hombres, por si ella era lo bastante atrevida como para intentar escapar.

Esperaba que lo hiciera. De verdad. Porque la bestia que había en él anhelaba la caza.

–Nos vamos, Amaya. De una forma o de otra. Si deseas que te obligue a hacerlo, encantado. Yo no pertenezco a tu mundo y las únicas normas que cumplo son las que yo mismo establezco.

Abrió la puerta, dejando que entrase el viento helado, y volvió a mirar a esa mujer que no parecía saber que era suya y, por lo tanto, solo estaba retrasando lo inevitable, como las estrellas seguían a la puesta del sol. Tan seguro estaba como cuando derrotó al intruso y reclamó su trono, sin importarle el coste personal o la mancha que había dejado en él para siempre.

Amaya apretó los puños a los costados en un gesto de obstinación e incluso entonces la encontraba preciosa. Asombrosamente preciosa. Cada vez que la miraba sentía como si el mundo diese vueltas a su alrededor.

Y eso a pesar de llevar el pelo sujeto en esa trenza larga y mal hecha sobre un hombro, como si se hubiera aburrido de la tarea. Durante la fiesta de compromiso había llevado el pelo recogido en varias trencitas que formaban una especie de elegante corona. Y allí estaba, al otro lado del mundo, deseando deshacer la trenza para liberar su gloriosa melena.

Quería hundirse en la suave cascada de seda, en su fragante calor. En ella, como pudiese tenerla. En todos los sentidos.

Daba igual que fuese vestida de una forma que no armonizaba con su etéreo y delicado encanto. Y de una forma inapropiada para la mujer que sería su reina. Unos tejanos demasiado ajustados para unos ojos que no fueran los suyos, unas botas viejas y poco femeninas, como si siguiera siendo la estudiante universitaria que había sido hasta poco antes, una sudadera ancha que ocultaba su figura, salvo esas largas y bien torneadas piernas que él quería tener alrededor de su cintura, y un grueso anorak de plumas.

Kavian quería enfundarla en sedas y joyas, adornarla con delicadas cadenas de oro y levantar palacios en su nombre, como solían hacer los antiguos sultanes por las mujeres que los cautivaban. Quería explorar cada centímetro de ella con sus castigadas manos, su cuerpo de guerrero, su boca, su lengua.

Pero lo primero y principal era llevarla a casa.

—¿Por la fuerza entonces? —le preguntó, indiferente a las miradas de curiosidad de los parroquianos—. ¿Debo echarte sobre mi hombro como un bárbaro? Sabes que no dudaré en hacerlo. Y lo disfrutaré, además.

Ella se estremeció y Kavian hubiera dado su reino en ese momento por saber si era deseo o repulsión lo que sentía. Lamentaba no conocerla lo suficiente como para percibir la diferencia.

También eso cambiaría como si se hubiera ido con

él a Daar Talaas seis meses antes, como habían estipulado en la fiesta de compromiso, cuando estaba predispuesto a ir despacio debido a su juventud. Pero ya no iría despacio, no esperaría ni un segundo.

Amaya tomó el anorak de plumas con una mano y se colgó el andrajoso bolso al hombro, pero seguía sin moverse.

–Si voy contigo ahora –empezó a decir, con esa voz suya tan ronca, tan sexy–, debes prometer que no...

–No –la interrumpió Kavian.

Ella parpadeó.

–No sabes lo que voy a decir.

–No creo que importe. Te hice varias promesas durante la fiesta de compromiso y no deberías exigir ninguna más. Tú también me hiciste promesas, que rompiste esa misma noche. Creo que es mejor que no pongamos mucho énfasis en las promesas.

–Pero...

–Esto no es un debate –la interrumpió él.

Amaya se irguió un poco más, fulminándolo con sus ojos de color chocolate. Le gustaba que fuese tan bella, por supuesto; al fin y al cabo, él era un hombre de carne y hueso. Además, su reina debía ser fuerte o no sería capaz de sobrevivir a las dificultades de la vida conyugal. Se disolvería a la primera insinuación de tormenta y eso no podía ser porque la vida estaba llena de tormentas, no de días apacibles.

Él era un rey guerrero y Amaya tendría que ser una reina guerrera por poco que le gustasen las lecciones que la convertirían en lo que necesitaba que fuera.

Estaba seguro de que él, al menos, las disfrutaría.

–No hay salvedades ni negociaciones –anunció, tal vez con demasiada sequedad–. No tienes alternativa.

Solo una opción sobre el método de transporte, pero el final será el mismo.

Pensó que Amaya iba a discutir, porque discutía por todo, pero su reina guerrera salió de la cafetería y se volvió para mirarlo.

–Eso suena muy siniestro. ¿Vas a ponerme un saco de patatas sobre la cabeza? ¿Vas a taparme la boca con cinta adhesiva? ¿Esto va a ser un rapto a la antigua?

Tal vez Kavian no debería encontrar aquello tan divertido, pero no podía evitarlo. Especialmente cuando ella pasó a su lado y por fin entendió los beneficios de unos tejanos ajustados en una mujer con una figura tan bella.

Deseaba tanto tocar ese trasero, apretarla contra él como había hecho una vez, seis meses antes. No había sido suficiente, por muchas veces que lo hubiese recordado mientras peinaba la Tierra para encontrarla.

–Es un viaje en helicóptero relativamente corto hasta Calgary y luego quince horas en avión hasta Daar Talaas. Depende de ti si quieres llevar un saco en la cabeza. Incluso puedo drogarte, si quieres hacerte la víctima. Lo que tú desees, mi reina, será tuyo.

Ella lo miró con ojos solemnes.

–No voy a ser tu reina –le espetó–. Me imagino que al menos eso te ha quedado claro en estos seis meses.

Kavian levantó una mano para acariciar la suave trenza. Podría tirar de ella para apretarla contra él, usar la trenza para saquear esa deliciosa boca. El espectro de esa posibilidad flotaba entre ellos, como su ilícito encuentro en el palacio de su hermano seis meses antes, calentando el aire helado, haciendo que sus mejillas se cubriesen de rubor.

–Hiciste promesas que yo acepté –le recordó él–. Te pusiste en mis manos, Amaya. Puedes confundir el asunto con tantos términos como quieras: compromiso forzado, compromiso político, matrimonio de conveniencia. Pero da igual. En mi mundo, ya eres mía. Has sido mía durante seis meses.

–No lo acepto –dijo ella. No lloró, ni siquiera apartó la mirada, y Kavian sentía todo eso como una caricia.

–No necesito que lo aceptes. Solo te necesito a ti.

No había rutas directas hasta la antigua ciudad del desierto que comprendía el bastión central y el palacio real de Daar Talaas. Había sido un mito, una leyenda, durante muchos siglos, visitada por mercaderes y aspirantes al trono, incorporada a canciones de guerra y poemas épicos. En época actual, gracias a los satélites, drones espía y guías de viaje online no había ninguna posibilidad de ocultar una ciudad entera al resto del mundo, pero el refugio de los reyes guerreros de Daar Talaas no era más accesible por ser conocido.

Todas las carreteras terminaban abruptamente en el desierto, donde solo había dunas y túneles secretos bajo las formidables montañas que los nativos habían usado para evitar invasiones durante siglos. En el resto del país había ciudades más modernas que aparecían en todos los mapas y a las que podía ir cualquiera que estuviese lo bastante loco como para encontrar el desierto un destino razonable, pero el poder de la antigua ciudad de Daar Talaas seguía siendo mitad misterio, mitad espejismo.

Era casi imposible atacarla por tierra.

Y mucho menos escapar de allí.

Amaya no había querido terminar en aquel sitio, pensó mientras bajaba del jet privado y guiñaba los ojos para evitar el deslumbrante sol del desierto, pero eso no significaba que no lo hubiera estudiado. Por si acaso.

Kavian tomó su mano mientras bajaban por la escalerilla hacia la polvorienta pista, como si esperase que saliese corriendo por el traicionero desierto. Y después de quince horas encerrada con la sensual amenaza de aquel hombre, que emanaba tanto calor como un radiador en el invierno canadiense, Amaya estaba casi tan desesperada como para hacerlo.

–Ni siquiera enviaría a mis guardias a buscarte –murmuró él, como si le hubiera leído el pensamiento–. Iría a buscarte yo mismo e imagina lo que pasaría entonces.

Amaya no tenía que imaginárselo. Durante esos seis meses había tenido que dedicar gran parte de su energía a borrar el recuerdo de esa noche en el palacio de su hermano.

–Eso no volverá a pasar –le aseguró.

Kavian se inclinó hacia ella, rozando su mejilla con los labios, y Amaya, sin aliento, tuvo que disimular un estremecimiento. Sus pechos parecían hincharse y sentía un cosquilleo entre las piernas...

Y él lo sabía. Por supuesto que lo sabía, no tenía la menor duda.

–Ocurrirá a menudo –dijo él, era una advertencia y una promesa al mismo tiempo–. Y pronto.

Amaya se estremeció y no podía convencerse a sí misma de que era por miedo. Pero Kavian se limitó a reírse; una risa ronca y letal mientras subían al helicóptero y la ayudaba a abrocharse el cinturón.

–No voy a lanzarme de un helicóptero –le espetó ella, deseando apartar de sí esas fascinantes manos masculinas.

Kavian la miraba de esa forma suya tan desconcertante, tan solemne.

–Ya lo sé.

Fue un viaje rápido y mareante. El helicóptero hizo una ascensión casi vertical y luego volaron sobre las escarpadas montañas hasta un valle situado al otro lado. En el centro se alzaba una ciudad con edificios de piedra que parecían casi parte de las propias montañas. Amaya vio torres, minaretes y grandes cúpulas, banderas ondeando agitadamente al viento. Más que una ciudad parecía un fuerte. Y, en realidad, eso era el bastión de Daar Talaas.

Cuando aterrizaron y Kavian volvió a tomar su mano, estuvo a punto de protestar, pero se contuvo al ver su expresión triunfante.

Había prometido meses antes que la llevaría a su palacio y lo había hecho.

Cuando bajó del helicóptero tuvo que hacer un esfuerzo para respirar y se dijo a sí misma que era el calor sofocante del desierto, pero sabía que no era verdad.

¿Cuántas promesas pensaría cumplir?, se preguntó.

«Todas ellas», le dijo su vocecita interior, que sonaba como una sentencia. «Tú sabes que mantendrá todas y cada una de las promesas que te ha hecho».

Pero no había tiempo para seguir pensando porque Kavian tiró de ella, sin ajustar su paso para acomodarse al suyo.

Y ella se moriría antes de pedirle que lo hiciera.

Habían aterrizado sobre un enorme edificio erigido en la parte más alta del valle y se abrían paso por una complicada serie de escaleras y pasillos con incrustaciones de mosaico y altísimos techos abovedados. Debía ser el palacio real de Daar Talaas, por supuesto. Y, a pesar de los gruesos muros, era un sitio alegre y soleado, con la luz entrando en todas direcciones a través de infinidad de claraboyas y ventanas.

Varios empleados se dirigieron hacia Kavian, recibiendo instrucciones y hablando a toda velocidad mientras se adentraban en el palacio. Todos hablaban en árabe, un idioma que ella había aprendido de niña y que aún entendía bastante bien, aunque no cada palabra o cada matiz. Estaban hablando sobre la frontera Norte, algo sobre una ceremonia o encuentro, y de asuntos de la administración del palacio, un tema que le sorprendió que un rey, especialmente un rey tan inaccesible como Kavian, se tomase la molestia de discutir personalmente. Los ayudantes se acercaban uno por uno, hablaban con él brevemente y con deferencia y luego se apartaban discretamente para dejar paso al siguiente, sin detenerse un solo momento.

Ese era Kavian. Lo había visto seis meses antes, en la fiesta de compromiso, y lo entendía mejor en ese momento. Era una fuerza de la naturaleza, un hombre centrado e imparable. Tomaba lo que quería, sin vacilar.

Cuando por fin dejaron de caminar se llevó una mano al pecho, como si así pudiera detener los salvajes latidos de su corazón o hacer que en sus pulmones entrase más oxígeno.

Entonces se dio cuenta de que estaban en una enorme sala iluminada por faroles y apliques en las paredes. Aunque no eran necesarios porque la luz del sol entraba a través de un enorme lucernario situado en el techo. Había varias piscinas formando un círculo, algunas humeantes como *jacuzzis,* otras de agua fría, y varias fuentes talladas en las paredes de piedra.

–¿Dónde estamos?

Su voz hacía eco en aquel sitio cavernoso y Kavian estaba frente a ella, con los brazos cruzados sobre el magnífico torso.

–Estos son los baños del harem.

Amaya tragó saliva.

–El harem.

–Los baños, sí. El harem comprende muchas más habitaciones, patios y jardines. Toda un ala del palacio, como pronto descubrirás.

–No hay nadie –dijo Amaya, mirando alrededor.

Pero no estaba interesada en él, ¿no? ¿Qué más le daba tener que compartirlo con otras mujeres?

Su padre había sido la misma clase de hombre y cada concubina era un nuevo calvario para Elizaveta.

«Amar a un hombre como tu padre es perderte a ti misma», le había dicho. «Tienes que verlo cubriendo de atenciones a otras mujeres mientras lo que queda de ti se arruga y se muere».

No debería sorprenderle que Kavian fuese igual que su padre.

–Me imagino que no puede haber un harem sin... mujeres.

–¿No recuerdas la conversación que mantuvimos en el palacio de Bakri? –le preguntó él, mirándola fijamente.

Amaya deseaba olvidar esa noche, pero lo había intentado durante seis meses sin ningún éxito.

–No –murmuró, sin mirarlo.

–Creo que lo recuerdas, Amaya. Y creo que estás demasiado cómoda con las mentiras que te cuentas a ti misma. Y a mí.

–O tal vez no me acuerdo. No hay necesidad de inventar conspiraciones –replicó ella. Pero su voz sonaba demasiado ronca y en el brillo de sus ojos vio que él se daba cuenta–. Tal vez no me pareció tan interesante. Una blasfemia para ti, ya lo sé.

–Me dijiste, con la arrogancia de tu juventud y tu ignorancia, y de tantos años viviendo en Occidente, que no podías siquiera tomar en consideración la idea de casarte con un hombre que tenía un harem, que tal cosa estaba por debajo de ti, ya que eras hija de un rey. Y yo te dije que, por ti, me desharía del mío –Kavian esbozó una sonrisa que a Amaya le pareció una oscura y sensual amenaza–. ¿Eso refresca tu memoria o debería recordarte lo que estábamos haciendo cuando te hice esa promesa?

Ella apartó la mirada para disimular el tumulto que estaba provocando en su interior.

–No creí que tuvieses un harem de verdad –le dijo. No quería mirarlo. No quería ver la verdad en su cara y, sobre todo, no quería preguntarse por qué–. Mi hermano no lo tiene.

–Y yo tampoco –Kavian esperó hasta que, a su pesar, ella volvió a mirarlo, como atraída por una fuerza magnética. Como si él controlase su voluntad igual que controlaba su cuerpo–. No he tenido harem en los últimos seis meses.

Amaya parpadeó, intentando entender lo que implicaba esa afirmación, y Kavian se rio mientras se dirigía hacia la zona de asientos que había en medio de las piscinas, con bancos de piedra y almohadones de colores alrededor de mesitas bajas llenas de bandejas con comida.

Amaya no quería ni mirar porque no le apetecía comer nada. No quería estar allí en absoluto. Además, de pequeña había leído muchas leyendas antiguas y sabía cómo terminaría aquello: un par de semillas de granada y se vería forzada a pasar la mitad de su vida atrapada en el inframundo, con el rey del infierno.

«No, gracias».

Se negaba a aceptar que aquel era su destino, como lo había sido el de su madre. Se negaba.

De modo que no lo siguió. No se atrevió a mover un músculo por miedo a que los altos techos se desplomaran y la aplastasen, atrapándola para siempre en aquel sitio.

O tal vez tenía miedo de algo completamente distinto, de nombrarlo incluso, porque sabía dónde terminaría aquello. Lo había visto de niña. Había vivido con las consecuencias. Daba igual que su corazón estuviese acelerado, ella sabía que no debía hacerlo.

–¿Cuántas mujeres has tenido aquí?

Intentaba parecer burlona y sofisticada, como si pudiese manejar la situación, pero la mirada ardiente de Kavian la hacía desear no haberse quitado el chaquetón. La hacía desear que hubiese una gran barrera entre ellos y no solo la sencilla camiseta que llevaba.

–Diecisiete.

–Dieci... me estás tomando el pelo, ¿verdad? Es una broma, ¿no?

–¿Parezco la clase de hombre que bromea sobre esas cosas? –le preguntó él, con un tono tan implacable como las paredes de roca de su alrededor.

–Tenías a diecisiete mujeres encerradas aquí –murmuró Amaya, mareada–. Y tú... por la noche o cuando fuera, tú...

No pudo terminar la frase.

–¿Si me acostaba con ellas? –la voz de Kavian, suave y oscura, la hacía sentirse como se había sentido en el palacio de su hermano aquella noche, cuando perdió la cabeza. Y todo lo demás–. ¿Eso es lo que quieres saber?

–Me da igual –respondió ella–. No quiero saber nada. No me interesa tu vida.

–No hagas preguntas si no eres capaz de soportar las respuestas, porque yo no tengo intención de endulzarlas –replicó Kavian con tono inflexible–. Este no es lugar para mezquinos celos e inseguridades juveniles. Eres la reina de Daar Talaas, no una concubina cuyo nombre nadie conoce.

Ella dio un respingo.

–Yo no soy la reina de nada.

Solo entonces se dio cuenta de que podía moverse si quería, de que no estaba atrapada allí, de modo que se giró para mirarlo.

Un error.

Kavian se había quitado la ropa y los calzoncillos moldeaban sus poderosos muslos de tal forma que a Amaya se le quedó la mente en blanco. No había ni harem ni concubinas. Nada más que él. Kavian.

Solo podía ver ese torso de acero y le temblaban las rodillas. Era tan hermoso... No, era algo más fascinante que meramente apuesto, más abrumador. Era poesía masculina en movimiento.

Sin pensar, Amaya se llevó las manos al corazón, como si temiera que escapase de su pecho.

Y así era, pensó entonces. Temía exactamente eso.

–Espero que hayas terminado de hacer preguntas cuyas respuestas ya conoces –dijo Kavian, con ese tono de triunfo que era como una caricia y que hacía que su cuerpo pareciese el de otra persona. Como si le perteneciera como le había pertenecido una vez. Odiaba no poder olvidar eso, sentirse marcada por él de una forma indeleble, hasta el alma. Como si fuera suya quisiera ella o no–. Y ahora, quítate la ropa, Amaya.

Capítulo 3

AMAYA estaba segura de haber oído mal.

–Yo también me desnudaría –estaba diciendo Kavian mientras se dirigía a ella–, pero imagino que si lo hiciera te desmayarías y el suelo de mármol es muy duro. Te harías daño.

–No me desmayaría –respondió ella, pensando que la mejor forma de convencerlo era mintiendo–. He visto legiones de hombres desnudos delante de mi cama. ¿Qué importa uno más?

–No es verdad.

Solo cuando sus hombros chocaron con la pared Amaya se dio cuenta de que había dado un paso atrás. Estaba demasiado perdida en su oscura mirada como para darse cuenta de nada más y tuvo que hacer un esfuerzo sobrehumano para no gritar cuando notó el calor de su cuerpo.

Podía tocar esa piel dorada, ese glorioso torso de guerrero que parecía suplicar la caricia de sus dedos, y anhelaba hacerlo como no había deseado nada en toda su vida.

Pero en realidad no podía respirar.

–Te he dicho que te quites la ropa, *azizty*.

Azizty. No sabía lo que significaba, pero Amaya temía que fuese un término cariñoso. Y, sobre todo, temía estar empezando a ceder. Podría besarlo solo con dar un paso adelante y nunca sabría cómo logró evitarlo.

Deseaba aquello tanto como lo temía y ese tira y afloja la mareaba.

–No se me da bien obedecer órdenes –consiguió decir.

Kavian esbozó una sonrisa.

–Aún no, ya lo sé. Pero te volverás obediente, yo me encargaré de ello.

El tiempo se detuvo, tenso y desesperado, y el pasado se enredó con el presente hasta que Amaya no podía diferenciarlos. Sentía como si estuviera de nuevo en la fiesta de compromiso, cuando Kavian se apoderó de su boca como un hombre hambriento en ese rincón del palacio real de Bakri al que habían ido para «discutir» las promesas que se habían hecho el uno al otro.

Podía sentirlo otra vez como entonces, su cuerpo inflexible mientras el mundo se incendiaba. Podía sentir la pasión que parecía comérselos vivos a los dos, convirtiéndola en una mujer nueva y totalmente ingobernable. Podía sentir cómo la apretaba contra la pared y se colocaba entre sus piernas...

Pero eso había ocurrido seis meses antes. En ese momento estaban en Daar Talaas, con los fantasmas de las concubinas de su harem y ese brillo de plata en sus ojos...

Amaya pensó que volvería a apoderarse de su boca como había hecho entonces, con ese gruñido animal que aún hacía que sus pezones se endurecieran...

Pero no lo hizo.

En lugar de eso, Kavian clavó una rodilla en el suelo en lo que debería parecer un acto de sumisión, pero que siendo él parecía justo lo contrario.

Debería haberse sentido poderosa con él a sus pies. Más alta, al menos. Pero nunca se había sentido más delicada o pequeña, y él nunca le había parecido más grande o aterrador. No tenía sentido.

Y su corazón dejó de fingir que lo que hacía era latir. No, no era algo tan manso, tan controlado. Parecía intentar salir disparado de su pecho.

Tardó un momento en darse cuenta de que Kavian estaba quitándole las botas y los calcetines. La fría piedra bajo sus pies desnudos hizo que diera un respingo, como si alguien, de repente, hubiera abierto una ventana en medio de todas aquellas piedras para dejar entrar el aire.

Alargó una mano para apartarlo, o eso era lo que se decía a sí misma que iba a hacer, pero fue un error. O tal vez solo había querido poner sus manos sobre esos poderosos hombros, porque no podía describir lo que hizo entonces como un empujón. No parecía capaz de pensar. No podía hacer nada más que agarrarse a ese potente cuerpo masculino y, cuando él levantó la cabeza para mirarla, con esos ojos plateados que se hundían dentro de ella como una afilada hoja, como desnudándola, no dijo una palabra.

No le dijo que parase.

Él bajó las manos hasta la cinturilla de los vaqueros y tiró de ellos hacia abajo. Y Amaya no le dijo que parase.

–Por favor... –musitó, aunque ya era demasiado tarde–. No puedo.

Pero no sabía qué quería decir. Kavian estaba desnudándola con una implacable eficacia que la dejaba desconcertada. Y después la levantó en sus brazos y la apretó contra su pecho. No era un abrazo, se dio cuenta entonces. Sencillamente, la había levantado del suelo para librarla de los tejanos. Podía sentir el roce de sus ásperas manos en la espalda y pensó que, al final, iba a desmayarse.

–¿No puedes? –repitió él con ese tono bajo, ronco. Inclinó la cabeza, como si estuviera a punto de darle otro de esos besos embriagadores que habían puesto su mundo patas arriba seis meses antes, tanto que en todo ese tiempo no había logrado olvidarlo–. ¿Estás segura?

No sabía por qué lo hizo, pero Amaya arqueó la espalda como si no pudiera evitarlo, empujando sus pechos hacia él, apretándose contra su torso como aquella vez, en Bakri, cuando la deliciosa presión de su cuerpo le había hecho perder la cabeza.

Kavian dejó escapar una risa masculina y luego, por sorpresa, la soltó.

Amaya trastabilló y se habría caído al suelo si no hubiese habido una columna a su espalda. Clavó los dedos en ella como si fuera un salvavidas, jadeando como si hubiera corrido una maratón.

–Quítate el resto de la ropa –dijo Kavian entonces. Y era una orden, un poderoso imperativo. Y algo dentro de ella, de manera incomprensible, quería obedecerlo sin rechistar.

–No se me ocurre ninguna razón para hacerlo –consiguió decir, sosteniéndole la mirada–. No quiero quitarme la ropa.

–Esa es otra mentira –Kavian dejó escapar un suspiro–. Pronto habrás dicho tantas que bloquearán el sol sobre nuestras cabezas y yo no tengo intención de vivir en la oscuridad.

Sonaba como una profecía o un presentimiento. O tal vez las dos cosas y se le había acelerado el pulso de tal forma que la ahogaba.

–No es mentira porque sea algo que tú no quieres

escuchar –replicó ella, haciendo un esfuerzo para que sus rodillas dejasen de temblar–. No eres el dueño de mis pensamientos. No puedes ordenarme que piense como tú quieres que piense.

Kavian clavó en ella sus ojos grises. No había una sola parte de él que no fuese dura, inquebrantable. Acero templado, poder apenas contenido. Había visto estatuas más flexibles en sus viajes por Europa.

–Es mentira. Tú deseas quitarte la ropa –su tono era tan bajo que casi disfrazaba el latigazo de sus palabras–. Más que eso, deseas entregarte a mí como hiciste hace seis meses, pero en esta ocasión no a toda prisa en un rincón escondido. Quieres deshacerte como la miel entre mis manos cuando te haga mía una y otra vez.

–No –murmuró ella, pero su voz era apenas audible.

–Eres mía, Amaya. ¿Acaso lo dudas? Estás temblando de deseo.

–Nunca he sido tuya. Nunca seré tuya...

–Calla –la interrumpió él, alargando una mano para acariciar su mejilla–. No sabía que fueras virgen. No te habría tomado con tan poca consideración de haberlo sabido. No tenías que huir, *azizty*. Podrías habérmelo dicho.

Y algo se abrió dentro de ella, algo más aterrador que lo que sentía cuando era autoritario y dominante. Se sentía atraída por él entonces, sí. Más que eso. Pero aquello la asustaba. Temía que la señalase como alguien débil y desechable, alguien como su madre.

De modo que echó hacia atrás la cabeza como si su mano la quemase.

–Yo... –Amaya tenía un nudo en la garganta. El pasado y el presente se unían en un nudo que no parecía capaz de desatar y mintió de nuevo, esperando que eso lo apartase.

Cualquier cosa mejor que esa insinuación de ternura. Cualquier cosa.

–No era virgen, era la fulana de Montreal mientras estaba en la universidad. Me acosté con todos los hombres que encontré disponibles y salí huyendo de Bakri porque estaba aburrida...

Kavian dejó escapar un suspiro.

–Y ahora soy yo el que está aburrido.

Amaya no sabía qué hacer y se sintió extrañamente perdida cuando él dio un paso atrás, con su oscura mirada clavándola a la columna durante un segundo que podría haber durado un año entero. Y luego, sencillamente, se dio la vuelta para meterse en una de las piscinas.

Debería ser un alivio. Debería haber aprovechado la oportunidad para ordenar sus pensamientos, para respirar y decidir qué iba a hacer mientras aquel sólido cuerpo de guerrero desaparecía brevemente bajo el agua.

Pero en lugar de eso, se quedó observando ese cuerpo maravilloso, imposiblemente enérgico, que no podía ser producto de un entrenador personal ni de horas en el gimnasio. Kavian usaba su físico en todo lo que hacía. Era una poderosa máquina y allí estaba en su elemento, en aquel lugar antiguo, alejado de todo. Era como un arma tallada con la piedra de las montañas, hermoso y elegante, pero letal en todos los sentidos.

Kavian sacó la cabeza del agua y se apartó el pelo de la cara, mirándola en silencio. Luego levantó un brazo y tiró algo al otro lado de la piscina. Amaya se sentía como ebria, como trastornada, al ver que lo que había tirado eran sus calzoncillos.

Y su travieso corazón se dio cuenta de lo que eso significaba: que estaba desnudo en toda su gloria. Allí mismo, delante de ella.

Tenía que controlarse, se dijo, o corría el riesgo de expirar allí mismo, algo que «la fulana de Montreal» no habría hecho.

–No entiendo lo que está pasando –le dijo.

–¿Ah, no? Y, sin embargo, juras no ser inocente. Yo diría que una mujer con tan sórdidas experiencias no pestañearía siquiera al ver a un hombre desnudo en una piscina.

Ya no estaba tocándola, ya no estaba acorralándola contra la columna con su fabuloso cuerpo. Ya no estaba cerca siquiera, de modo que no había ninguna razón para sentirse como clavada al suelo, pero Amaya no era capaz de moverse.

–¿De verdad quieres...? No entiendo nada. Me has traído aquí desde el avión sin decir una palabra...

Kavian se limitó a mirarla mientras ella hablaba de forma entrecortada, como si de verdad fuese la chica ingenua que él parecía pensar que era. Lo odiaba y se odiaba a sí misma, pero se quedó donde estaba, como esperando su sentencia. O su siguiente orden.

Como si no importase lo que ella sintiera.

«Ya sabes dónde lleva eso», se recordó a sí misma desesperadamente. «Tú sabes bien dónde lleva y en quién te convertirás si dejas que eso ocurra».

Había jurado no entregarse del todo a un hombre hasta perderse a sí misma, hasta que su desafecto la hiciese rodar de un lado a otro por todo el mundo, dolida, amargada y sola, como había hecho su madre, pero nada de eso parecía importar mientras estaba allí, en bragas y camiseta, en el harem del jeque que la reclamaba como su esposa.

–Estamos en unos baños –dijo Kavian, mientras ella se veía obligada a reconocer que se parecía a su madre a pesar de todo–. No me gusta viajar en avión y quiero lavarme el aire reciclado lo antes posible. Y quiero borrar de ti los últimos meses.

Amaya temblaba visiblemente y él tuvo que hacer un esfuerzo para aplacar a la rugiente bestia que lo urgía a salir de la piscina y tomarla entre sus brazos. Necesitaba estar dentro de ella; la necesitaba y hacía mucho tiempo que no necesitaba nada.

Pero no se lanzaría sobre ella como un animal, aunque para ello tuviese que hacer uso de toda su fuerza de voluntad. No se trataba de una diversión para pasar la noche, aunque nunca le había hecho falta más señuelo que su nombre y su mera presencia. Amaya era su reina, sería la madre de sus hijos y estaría a su lado en el trono. Se merecía lo que pasaba por cortejo allí, en aquel sitio duro que él adoraba con todo su ser a pesar de lo que había sufrido.

Estaba jugando y el objetivo era evidente: ganar, como ganaba siempre.

De modo que esperó. Él, que no había tenido que esperar nada desde el día que reclamó el trono de su padre. Él, que ya había esperado a aquella mujer durante medio año. Él, que estaba acostumbrado a que las mujeres se le echasen encima, suplicando su atención.

Ninguna mujer había escapado de él antes de Amaya.

Pero no tenía importancia. Estaba allí y se quedaría allí porque era lo que él deseaba. El mundo volvería a ser como él prefería y, sobre todo, pronto estaría dentro de ella.

–Cada piscina tiene una temperatura diferente –siguió, con el aburrido tono de un guía, como si aquel fuego que ardía dentro de él no amenazara con consumirlo–. Tienes todo tipo de bañadores y accesorios para el baño, desde jabones hechos por mujeres de la localidad a lujosos productos traídos de Dubái.

Era tan hermosa... Con la estrecha camiseta blanca bajo la que no llevaba nada y esas braguitas presentaba una imagen tan erótica que Kavian era apenas capaz de contenerse. Sus piernas eran más largas de lo que se había imaginado, perfectamente formadas. Era más alta que la mayoría de las mujeres de la región, de modo que no la sofocaría en la cama o fuera de ella. Sus pies eran pequeños, pálidos y delicados, y llevaba las uñas pintadas de un alegre color rosa.

–Vamos, Amaya –la animó, era a la vez una invitación y una orden–. Te gustará, ya verás.

Ella inclinó a un lado la cabeza.

–¿Prometes no tocarme?

Kavian clavó la mirada en esa boca con la que había soñado durante esos seis meses. En ese espeso pelo oscuro que quería ver cayendo sobre sus hombros y quería sentir sobre su piel. En esos pequeños, pero orgullosos pechos, y los pezones que se marcaban bajo la camiseta, quizá en una inconsciente invitación. En la piel morena de su vientre entre las bragas y la camiseta y el tentador triángulo oscuro de entre sus piernas, que él querría lamer hasta que olvidase su propio nombre.

Kavian se tomó su tiempo antes de apartar la mirada de ese cuerpo tan tentador, y sonreía cuando volvió a mirarla a los ojos.

–No pienso prometer nada.

Ella se movió, pero no para alejarse de él como había esperado, sino para acercarse a los escalones de la piscina.

–Muy bien –murmuró con el mismo tono desafiante

con el que se había reído de su hermano en aquel vídeo; un tono que corría por sus venas como el más dulce de los vinos–. No tengo nada contra la higiene, por supuesto.

–¿Solo contra los jeques?

Quizá, pensó Kavian con cierta sorpresa, era capaz de bromear después de todo. Pero solo con Amaya.

–Los jeques, los reyes y los palacios en el desierto –admitió ella mientras ponía un pie en los escalones, con la camiseta y las bragas a modo de bañador–. Todos son horribles, creo que podemos estar de acuerdo.

–Tus desgracias son inmensas, desde luego. De todas las princesas que podría haber elegido para convertirlas en mi reina, tu carga es con diferencia la más pesada.

Amaya bajó por los escalones hasta que el agua le llegó a la cintura, como probando la temperatura. Pero estaba lejos de él y Kavian no podía soportarlo ni un segundo más.

Mientras se acercaba, ella lo miró con el mismo entusiasmo que si se acercase un tiburón. No debería parecerle tan entretenido, pero sus variadas formas de desafío lo hechizaban. Y ese encanto, ese hechizo, era algo nuevo para él.

–¿Cuántas ha habido? –le preguntó Amaya entonces, con un tono aparentemente despreocupado–. ¿A cuántas princesas has convertido en «tus reinas»? ¿Soy la última de una larga lista?

Kavian no respondió. Le gustaba demasiado la pregunta y lo que decía de ella, y Amaya pareció darse cuenta, porque se lanzó a la piscina abruptamente. Y cuando sacó la cabeza del agua la bestia que había dentro de él volvió a rugir.

La camiseta empapada mostraba en detalle los gloriosos pechos desnudos y, por fin, el pelo caía alrededor de su cara, como enmarcándola, presentándola ante él como una especie de tentadora sirena.

Amaya, que estaba apartándose el agua de los ojos, dejó escapar un grito cuando lo encontró allí, mucho más cerca de lo que había esperado, algo que Kavian también encontró divertido.

Sin decir nada, deslizó las manos por sus caderas, esas dulces y redondeadas caderas grabadas en su memoria de tal modo que su recuerdo lo despertaba por las noches. Y luego la aplastó contra su torso, con el corazón latiendo a un ritmo salvaje, casi doloroso.

Amaya tragó saliva, pero no dijo una palabra. Ni siquiera cuando inclinó la cabeza y puso la boca justo ahí, casi sobre sus labios. Casi. Sintió un estremecimiento, como una orquesta de deseo, una música que solo ella podía escuchar. Pero Kavian también podía sentirla. Podía sentir su calor, su aroma, a miel y a lluvia, como una bendición.

–No creo que pueda besar a un hombre que ha tenido diecisiete mujeres escondidas aquí –dijo Amaya entonces, en un último intento de salvación–. No creo que pueda hacerlo, aunque te hayas deshecho de tu harem.

–Entonces, por favor, no te rebajes –replicó él con una sonrisa–. Puedes quedarte ahí, sufriendo. No me importa.

Pero luego deslizó las manos por la gloriosa melena oscura, poniendo los labios a unos milímetros de los suyos y, por fin, se apoderó de su boca.

Capítulo 4

E L BESO fue como una bomba.

Detonó en su interior provocando una cascada de luces y una explosión de deseo; el mismo deseo que la había perseguido durante esos meses, mientras huía de él.

Amaya se agarró a él, sin pensar. No quería pensar.

Y le devolvió el beso.

Como había ocurrido seis meses antes, eso provocó una tormenta en su interior. No era un beso suave o tierno, sino carnal y oscuro, una ardiente invitación cargada de perversa lascivia que solo había experimentado una vez y que apenas entendía.

Pero lo deseaba. Ay, las cosas que deseaba cuando aquel hombre la abrazaba como si tuviese todo el derecho a hacerlo. Como si su mera presencia la invitase a rendirse.

Amaya tembló cuando él puso las ásperas manos sobre sus pechos, no en un gesto de ternura, sino de incontenible desenfreno.

Y la emocionaba, la excitaba profundamente.

Amaya nunca había pensado que sus pechos fueran sensuales porque eran demasiado pequeños, pero el gruñido ronco de Kavian la hizo pensar de otro modo por primera vez en su vida.

La hizo sentirse hermosa y adorada a la vez, y eso era peligroso.

Cuando se apartó, dejó escapar un gemido que lamentaría más tarde, y que casi lamentó inmediatamente, pero en ese momento nada importaba.

Había una hoguera agitándose dentro de ella, susurrando que era tan hermosa como él, tan poderosa. Diciéndole que era suyo, su compañero, su amante. «Suyo».

Y tampoco le importó cuando Kavian dejó escapar una masculina carcajada de triunfo. Era como si cuantas más batallas ganase él, más ganase ella también. Tembló cuando puso los labios en su garganta y luego, sencillamente, se entregó a sus diestras manos.

Como había hecho una vez, seis meses antes, cuando le enseñó lo que era el deseo. La hacía sentirse viva, salvaje y ardiente. Y más excitada de lo que hubiera creído posible.

Kavian inclinó la cabeza para tomar un pezón entre los labios mientras, con una sola mano, tiraba de ella para sentarla sobre un duro muslo, con su sexo apretado contra el poderoso músculo. Y Amaya sabía que no era un accidente.

Cuando empezó a chupar el pezón, tirando de él por encima de la camiseta, el mundo se convirtió en un incendio abrumador; un incendio que Amaya se había convencido a sí misma durante esos meses que era imaginado...

No se molestó en quitarle la camiseta y eso hacía que pareciese más ilícito, más salvaje. Amaya apenas podía respirar o pensar, solo existía él.

Solo Kavian. Solo aquello.

Jugaba con ella por encima de la tela, usando la boca, los dientes y sus talentosas manos mientras la sostenía sobre su muslo. Y Amaya no podía dejar de mecerse adelante y atrás mientras las sensaciones se atropellaban.

Era como estar en medio de una tormenta de relámpagos, sacudida una y otra vez.

No sabía si podría sobrevivir a aquello... y le daba igual. Merecía la pena, pensó. Todo merecía la pena.

Se apretaba contra él sin vergüenza, sin pensar, disfrutando del salvaje deseo que se centraba entre sus piernas. Deseándolo a él.

Kavian emitió un gruñido y eso la excitó aún más.

–Vas a matarme –murmuró, como si le hubiera leído el pensamiento.

Como si afectase a aquel hombre duro y perverso tanto como él la afectaba a ella.

Kavian envolvió un pezón con la boca mientras apretaba el otro entre el pulgar y el índice. El doble asalto fue como un relámpago y siguió haciéndolo, inflexible, hasta que Amaya empezó a derretirse.

–Ahora –le ordenó–. Termina para mí.

Y ella se rompió, notando que gritaba mientras caía en el abismo del olvido, con su abandono haciendo eco en las antiguas paredes, perdida completamente entre sus brazos.

Cuando volvió en sí, Kavian la había sacado de la piscina y estaba envolviéndola en una toalla. Luego la sentó en una de las hamacas antes de ponerse una toalla a la cintura, aunque eso solo sirvió para llamar la atención sobre la perfección de su glorioso cuerpo masculino.

Debería hacer o decir algo, se dijo a sí misma. Y lo haría en cuanto su cabeza dejase de dar vueltas. O cuando él la hiciese suya de nuevo.

Pero no lo hizo.

En lugar de eso, Kavian se tomó su tiempo sirviéndose varias delicias locales en un plato y luego se sentó frente a ella para mirarla mientras comía.

Amaya no entendía lo que estaba pasando.

Su corazón seguía tan acelerado que podía sentir el latido en las sienes, en la garganta, en el vientre. Y entre las piernas.

–¿No vas a...?

No terminó la frase. ¿Por qué aquel hombre la hacía tartamudear, como si fuera una cría ingenua y temerosa cuando nunca lo había sido? ¿Por qué la hacía sentirse tan insegura con solo arquear una oscura ceja?

–Si no puedes decirlo, Amaya, no vas a animarme a que lo haga –dijo él, con un tono casi reprobador.

Y luego siguió comiendo como si no la hubiera dejado exhausta y sin aire un momento antes. Como si hubiera sido una demostración de algún tipo, una simple lección que había querido darle y que a él no le había afectado en absoluto.

No sabía por qué eso la enfurecía, pero así era. Y el enfado era un alivio. Intentó sentarse, ignorando las sacudidas de placer que seguían estremeciéndola, como si Kavian se hubiese apoderado de su cuerpo, como si ya no fuera suyo.

No quería pensar en eso. Se negaba a pensar en eso.

–No soy una niña de dos años –replicó–. Y no sé cuáles son tus expectativas. Lo hicimos una vez, por accidente, y has estado seis meses persiguiéndome por todo el planeta. Me echas un sermón diciendo que soy tuya y que me he entregado a ti y luego paras para comer... aquí, en estos baños subterráneos donde has tenido a diecisiete mujeres encerradas hasta hace poco. No sé qué es razonable en estas circunstancias. No sé qué eres capaz de hacer –Amaya hizo una pausa para respirar–. No tengo ni idea de quién eres.

Él siguió comiendo, imperturbable y remoto. Era como si estuviese mirando una estatua, no a un hombre. Amaya pensó entonces en antiguos reyes, en luchas por el trono, en gestas de caballería y batallas épicas... y tuvo que tragar saliva.

–Nadie ha estado encerrado aquí –dijo Kavian entonces–. Esto no es una prisión.

–Lo tendré en cuenta la próxima vez que exijas el cumplimiento de una promesa de la que me arrepiento.

Se le ocurrió entonces que, bajo la toalla, no llevaba más que la empapada camiseta y las bragas. Y que aquel hombre no tendría el menor reparo en usar su cuerpo contra ella cuando le apeteciese.

Pero él no se acercó. Se quedó donde estaba, y Amaya no entendía por qué eso era peor, pero lo era.

–Puede que esto sea una sorpresa para ti –empezó a decir Kavian–, pero por el momento eres la única mujer que no se muestra encantada ante la idea de compartir mi cama.

–Que tú sepas, quieres decir –Amaya lo fulminó con la mirada, intentando estar tan furiosa con él como debería. Y furiosa consigo misma porque no era así–. La gente miente, sobre todo cuando tienen que lidiar con aterradores reyes del desierto que amenazan hasta el aire que respiran.

–Pregúntate a ti misma por qué estoy tan seguro –dijo él, en un tono que la hizo tragar saliva–. Pregúntate cómo puedo saber eso.

Amaya no tenía el menor deseo de preguntarse nada porque se imaginaba la razón por la que un hombre estaría tan seguro. Además, ya se lo había demostrado dos veces. Seis meses antes, en un oscuro rincón del palacio real de Bakri, y allí mismo, en la piscina, unos minutos antes.

La sonrisa sesgada de Kavian hacía que se sintiera como si estuviera tocándola y eso no ayudaba nada.

–No tienes que preguntarte por mis expectativas –dijo él, como otros hombres comentarían sobre el tiempo o su equipo de fútbol favorito–. No me gustan los subterfugios, así que te diré lo que quiero. Te diré cómo lo quiero y cuándo. Y tú me lo darás de una forma o de otra, así de sencillo.

–Nada es tan sencillo –dijo ella. Pero Kavian la miraba implacable y decidido, haciéndola sentir frenética, casi como si tuviera una picazón a la que no podía poner nombre–. No quiero estar aquí. Quiero irme a casa.

–Si lo deseas... –dijo él amigablemente. Y entonces todo se detuvo. Su aliento, su corazón. ¿De verdad había aceptado? Su sonrisa no la animaba en absoluto. De hecho, la hacía sentirse más angustiada que antes–. ¿A qué casa te refieres?

Amaya pensó que podría odiarlo, que nunca se recuperaría de aquello... de aquella cosa que parecía haberse metido en sus huesos.

Tenía que ser odio. No podía ser nada más.

–Puedes llevarme de vuelta a Canadá, donde me encontraste.

–Tu casa no está en Canadá.

Charlaban como si aquella fuese una conversación normal, como si no estuviera apretando su mano como un gato gigante y malicioso, jugando con ella solo porque podía hacerlo. Porque le apetecía, porque disfrutaba usando sus garras.

–Naciste en Bakri y viviste allí hasta los ocho años. Luego estuviste yendo de un lado para otro con tu madre durante una década. Ibais donde os llevase el viento, sin quedaros mucho tiempo en ningún sitio, salvo en un viñedo en la región de Marlborough, en Nueva Zelanda. ¿A esa casa te refieres? Lamento decirte que el amante de tu madre ahora tiene su propia familia.

Amaya recordó una fresca mañana en el invierno de Nueva Zelanda, paseando por los viñedos con el simpático hombre que había esperado hiciese feliz a su madre. Y parecía haberlo conseguido durante un tiempo. Recordaba las montañas cubiertas de nieve en aquel sitio que se había convertido en su hogar durante unos meses. Recordaba a las ovejas que saltaban a su paso, nerviosas, temiendo un peligro real o imaginario, los ordenados viñedos en las colinas de Richmond.

Y sobre todo recordaba las noches, con un cielo como de terciopelo cubierto por millones de estrellas. Era una sensación caótica, mágica. Como si fuese una semilla y las estrellas pudiesen aplastarla sobre la rica y fértil tierra. Y, sin embargo, eso hacía que no se sintiera tan sola como se había sentido casi siempre.

No había pensado en ese período de su vida en mucho tiempo. Elizaveta había seguido adelante como hacía siempre y ella había dejado de creer que otro hombre podría arreglar lo que su padre había roto.

Sintió un crujido dentro de ella en ese momento, como si Kavian hubiese tirado los cimientos de su vida con esa frase, pero él seguía hablando. Seguía anonadándola con sus destructivas palabras.

–¿O tal vez te referías a tus años universitarios en Montreal? Aunque parece que disfrutabas de la ciudad en muchos aspectos, viajabas a menudo. Ibas a las

montañas, pero también a Europa o al Caribe para tomar el sol. Te fuiste a Edimburgo en cuanto terminaste
la carrera y aceptaste un trabajo de camarera mientras
te esforzabas de forma poco convincente en conseguir
un máster en Literatura.

Amaya quiso hacer un gesto que fuera todo menos
«poco convincente», pero se contuvo. Apenas. Se clavó
las uñas en las palmas de las manos, deseando poder
clavarlas en él.

—Tú no eres quién para decidir dónde está mi casa.
No necesito tu opinión o tus críticas —le espetó.

—Desgraciadamente para ti, sí las necesitas —Kavian
se encogió de hombros, y no era un gesto de incerti-
dumbre, sino un arma. Y Amaya sabía que él no dudaba
en usar todas las armas a su disposición—. No tienes un
hogar, nunca lo has tenido. Pero eso también está a
punto de cambiar, estés dispuesta a aceptarlo o no.

Amaya no podía respirar. Se sentía como si hubiera
caído rodando por unas escaleras y se hubiera quedado
sin aire. Y, por un momento, lo único que pudo hacer
fue mirarlo.

—Quiero estar en algún sitio donde tú no estés —consiguió decir por fin.

—Seguro que sí, pero eso no es algo que tú puedas
decidir.

—Este es un palacio enorme. Tiene que haber una
habitación en algún sitio, lejos de todo y de todos. Me
da igual que sea una mazmorra mientras esté lejos de ti.

Un sitio donde pudiese respirar de nuevo y recupe-
rarse de aquello. Si era posible.

Un sitio donde pudiese decidir qué iba a hacer.

—Hay muchas habitaciones, pero te alojarás en la
mía —fue la respuesta de Kavian.

La miraba con gesto inflexible y Amaya no sabía qué era peor, las lágrimas que amenazaban con asomar a sus ojos, el calor que sentía entre las piernas, el temblor que no parecía capaz de controlar cuando él puso su vida patas arriba con esa frase o que estuviera atrapada allí. En todos los sentidos, y los dos lo sabían.

–No –dijo entonces.

Pero era como si no hubiese hablado. Incluso se preguntó si de verdad lo había dicho en voz alta.

–Te pido disculpas si eso te angustia, pero no soy un hombre moderno. No confío en lo que no puedo tocar y te quiero en mi cama.

«En su cama».

Esa palabra explotó dentro de ella, provocando imágenes ardientes de su boca, sus manos, su cuerpo sobre ella y dentro de ella...

–No quiero acercarme a tu cama. Ya has hecho lo que has querido conmigo en el palacio de mi hermano, en la piscina... ¿por qué no podemos dejarlo ahí? –le preguntó, angustiada y al borde de la histeria.

En cambio, Kavian estaba inmóvil, aunque sus ojos ardían.

Y Amaya sintió que otro de sus cimientos se convertía en polvo con esa mirada.

–La próxima vez que te haga mía ocurrirán dos cosas –dijo él en voz baja, aunque para ella fue como un grito de guerra–. Primero, será en una cama. Puede que yo no sea muy civilizado, pero tengo mis momentos. Además, quiero tomarme mi tiempo. Todo el tiempo del mundo si es necesario. Y segundo, me llamarás por ni nombre.

–¿Qué?

–Aún no me has llamado por mi nombre ni una sola

vez –señaló él. Y Amaya se dio cuenta de que, aunque hablaba en voz baja, no había nada mesurado en aquel hombre. Esa mesura era una ilusión que utilizaba para conseguir lo que quería–. Me imagino que es otro intento de distanciarte de mí, ¿no es así?

–No sé de qué estás hablando. Digo tu nombre todo el tiempo, en general como un exabrupto.

–Me llamarás por mi nombre –Kavian no se levantó, no tenía que hacerlo. Era como si sujetase sus muslos entre esas manos gigantes, que la aplastaban contra la tierra como las estrellas en Nueva Zelanda–. Dormirás en mi cama. Te entregarás a mí, no habrá distancia entre nosotros, Amaya. No habrá nada más que mi voluntad y tu rendición.

–Seguida de mi suicidio para escapar de ti –replicó ella, porque los locos latidos de su corazón le decían verdades con las que no quería enfrentarse.

Pero Kavian se rio, como si pudiera leerle el pensamiento.

Como si lo supiera.

Capítulo 5

AMAYA no había querido quedarse dormida. Cuando salió de los baños, intentando entender lo que había pasado, dos sonrientes y respetuosas doncellas la llevaron por el laberinto que era el palacio hasta una amplia suite de habitaciones que, evidentemente, pertenecía al rey. Y habían fingido no entenderla cuando les pidió que la llevasen a otro sitio.

–No quiero alojarme aquí –les había dicho una y otra vez, pero ellas hacían oídos sordos. Por fin, se había enfrentado con los dos feroces guardias que estaban al otro lado de la puerta, que se limitaron a mirarla como si hablase en otro idioma–. Necesito mi propia habitación –insistió Amaya–. Esto es un error. No voy a alojarme aquí.

Los hombres le devolvieron una mirada helada y Amaya se dio cuenta de que solo llevaba el albornoz en el que la habían envuelto las doncellas.

–Puede hablar con el rey si cree que debe cuestionar sus órdenes –había replicado uno de los guardias, el más fornido, como si aquella conversación le pareciese escandalosa e inapropiada. O tal vez ella le parecía escandalosa e inapropiada. Después de todo, aquel hombre no la veía como a una mujer injustamente atrapada que se merecía tomar sus propias decisiones, sino como a la princesa que había sido elegida por su querido rey y que había salido huyendo tras la fiesta de compromiso.

Estaba segura de que podía ver todo eso en la expresión seria del hombre y en la de su compañero. Parecía como si quisieran disfrutar de la oportunidad de perseguirla por los pasillos del palacio, y Amaya cerró la puerta.

Se quedó inmóvil durante largo rato, con la espalda apoyada en la puerta, su única salida, y los pies descalzos sobre el frío suelo de mármol.

Fue entonces cuando decidió que no tenía sentido salir corriendo. Kavian ya la había encontrado una vez, en el sitio más remoto, de modo que su única opción era esconderse.

Kavian no podía ser un bárbaro, se dijo a sí misma mientras iba de habitación en habitación, admirando las dos plantas que componían la suite de Su Majestad. Había tres elegantes salones con terrazas desde las que se podía disfrutar de una fabulosa vista del valle y un patio privado con una hermosa fuente en el centro. Había también un cuarto de estar con una enorme televisión y todo tipo de aparatos electrónicos, una biblioteca e incluso un comedor formal con tapices de seda y oro.

Amaya buscaba algún sitio para esconderse. La verdad, aunque fuese bochornoso admitirlo, era que Kavian no la había forzado a nada. La verdad era que había aceptado casarse con él en un patético intento de complacer a su hermano y posiblemente a su difunto padre, y luego se había derretido entre sus brazos.

No lo temía físicamente, se temía a sí misma. Temía la profundidad de su rendición y que una parte de ella desease disfrutar del poder que aquel hombre ejercía sobre ella. Temía que cumpliese cada una de las promesas que le había hecho y descubrir a qué se refería cuando dijo que aprendería a obedecer...

«Para», se dijo a sí misma mientras iba de habitación en habitación. Ella era una mujer liberada, maldita fuera. Había dejado que su hermano la convenciese para volver a Bakri tras la muerte de su padre, pero su corazón no estaba allí. Nunca había estado allí.

«Esto no es para ti», se aseguró a sí misma. Porque había visto lo que un sitio como aquel podía hacerle a una mujer. Había pasado toda su infancia lidiando con el corazón roto de su madre.

Pero ese órgano era particularmente traidor, pensó cuando entró en una habitación que debía ser su despacho privado y le dio un vuelco el corazón al ver un retrato de Kavian colgando en la pared.

Era como si su corazón tuviera sus propios deseos.

Amaya se pasó una mano por la cara, irritada con las doncellas que se habían llevado su ropa, dejándole solo un fino camisón y una bata de seda natural. Podrían haberla puesto sobre una bandeja de plata para que Kavian la devorase...

Intentó apartar esa imagen de su mente, pero se le había puesto la piel de gallina. Maldito fuera.

Por fin, entró en el enorme vestidor de Kavian, casi tan grande como el apartamento que había compartido con tres compañeras durante su breve estancia en Edimburgo. Miró los trajes de chaqueta, que parecían hechos a medida en las mejores casas de alta costura, y las túnicas tradicionales confeccionadas en las telas más suaves y preciosas. La indumentaria de un hombre que podría impresionar de cualquier modo.

Pero ver su ropa, respirar su olor, la hacía sentir

como si Kavian estuviese delante de ella, mirándola con esos letales ojos grises.

Suspirando, decidió esconderse en un rincón, entre una selección de botas de invierno y pesados abrigos.

Había pensado esperarlo para ver lo que hacía cuando volviese a la suite. Y lo haría pronto, estaba segura. Y tal vez, solo tal vez, que se hubiera escondido de él lo haría entender la situación de una vez por todas.

Pero no había sido su intención quedarse dormida.

Se despertó sobresaltada y, cuando Kavian la sacó de su escondite para tomarla entre sus brazos, por un momento pensó que estaba soñando.

–Tienes la marca de una bota en la cara –dijo él con tono helado–. Un aspecto muy digno, mi reina –añadió, burlón.

Amaya no era particularmente vanidosa; no tendría sentido con una madre como Elizaveta, que había sido modelo en su juventud. Y, sin embargo, se pasó una mano por la mejilla, como para borrar la marca y recuperar su dignidad.

–Debería hacerte pensar que yo sea capaz de esconderme para evitarte –replicó, intentando calmarse.

Kavian la tomó en brazos para sacarla del vestidor y con cada paso que daba era más consciente de su fuerza, de su calor, de la dureza de su torso y los brazos de granito a su alrededor. Y también de ella misma, de cómo la seda del camisón acariciaba su piel. De la llama que provocaba el roce de la tela contra su vientre, sus caderas, sus pechos.

–Me dice muchas cosas –asintió él, apretándola contra su torso en un gesto deliberado.

La caricia provocó una cascada de reacciones y su cuerpo la traicionó por completo. Amaya contuvo el aliento de forma audible y Kavian sonrió mientras entraba en el dormitorio que ella no había querido investigar.

La luz del sol iluminaba la habitación y, por alguna razón, eso la sobresaltó. ¿Por qué? ¿Se había imaginado que Kavian solo la buscaría en la oscuridad? Sabía que no sería así porque aquel hombre no respetaba ninguna regla, pero ella tenía que intentar que así fuera. ¿Qué otra opción tenía?

–¿Te dice que eres un monstruo? –le espetó. Sabía que era peligroso provocarlo cuando estaba abrazándola, cuando no había posibilidad de escapar, pero no parecía capaz de controlarse–. ¿Que eres tan abrumador y tan poco razonable que he tenido que esconderme en un armario para que te dieras cuenta?

–Me dice que estás desesperada. Crees que si actúas como una niña te trataré como a tal en lugar de tratarte como a una mujer.

No había ninguna razón para que ese comentario le doliera.

–Nunca he dicho que fuera una niña.

–Me alegro porque en mi país no mimamos a los niños hasta los veinte años. Esperamos que asuman sus responsabilidades siendo mucho más jóvenes. Yo he sido soldado desde los trece años y nadie me ha tratado nunca como si fuera un niño.

–Si crees que mis padres me mimaron en algún momento de mi vida es que estás loco.

Kavian la miró, en silencio.

–Sé muy bien qué y quién eres –le dijo mientras atravesaba la enorme habitación, con las paredes recubiertas de madera y decorada en tonos oscuros, masculinos–. Pero escondida en un armario para ponerte melodramática o huyendo por todo el planeta para humillarme, da lo mismo. Todo terminará aquí.

Y entonces la sentó sobre la cama.

Amaya esperaba que se lanzase sobre ella, pero no lo hizo. Se quedó de pie, mirándola. Llevaba un pantalón blanco de lino y nada más. Y no sabía por qué, pero en ese momento le parecía más que nunca el formidable jeque del desierto. Kavian cruzó los brazos sobre ese torso esculpido que no debería resultarle tan atractivo y la miró, en silencio.

Y Amaya quería salir corriendo. En su mente, saltó de la cama y se lanzó por la terraza para escapar de él...

Pero en realidad no hizo ninguna de esas cosas. Estaba como paralizada, tan tensa que no podía respirar y... sintiendo un extraño dolor en un sitio en particular.

Y, a juzgar por el brillo de los ojos plateados, Kavian lo sabía.

¿Cómo podía saberlo?

–No tenías que ir a buscarme –le dijo–. Podrías haberme dejado ir.

Él esbozó una sonrisa.

–¿Estás húmeda? –le preguntó.

Amaya tardó un momento en entender. Su encuentro en los baños había tenido lugar horas antes y se había secado con una toalla...

Pero entonces lo entendió y un violento rubor la cubrió de la cabeza a los pies. No era capaz de respirar ni de apartar la mirada. Y, mucho menos, de controlar la punzada de deseo que sentía entre las piernas.

–Me imagino que eso es un «sí» –dijo él, aparentemente divertido–. Ya te has deshecho una vez entre mis brazos hoy, Amaya. Ni siquiera he estado dentro de ti y ya eres mía. ¿O sigues dudándolo?

Debería haberse levantado de un salto para abofetearlo. Debería haber dejado claro que ese comportamiento era inaceptable, que no podía tratarla de ese modo. Que ella no dejaría que la tratase de ese modo.

Pero no hizo nada de eso. Se limitó a devolverle la mirada, el cosquilleo que sentía entre las piernas era cada vez más incontrolable.

–Te quiero desnuda –dijo Kavian entonces, con cierta aspereza. Y su tono le decía que no estaba tan tranquilo como aparentaba.

–No quiero...

–Ahora, Amaya –la interrumpió él–. Ya te he desnudado una vez hoy, no me obligues a hacerlo de nuevo –añadió. Y Amaya estaba segura de que le pasaba algo, de que estaba enferma, porque sentía esa mirada como una caricia–. Demuéstrame que estás tan orgullosa de tu belleza como lo estoy yo.

Algo cambió dentro de ella entonces. Era como un sueño, se decía a sí misma. Y la verdad era que había tenido aquel sueño una y otra vez desde que huyó del palacio real de Bakri la noche de su compromiso con Kavian. La estrella de ese sueño siempre había sido él y siempre medio desnudo, aunque era mucho más impresionante en la realidad. Y siempre incluía la misma montaña rusa de emociones: anhelo, dolor, deseo.

«Esto es otro sueño», se dijo.

Y en un sueño nada importaba, de modo que podía hacer lo que quisiera. Podía perderse en la implacable mirada de Kavian como si fuera una salida.

Y eso fue lo que hizo.

Movió los hombros en un gesto casi inconscientemente sensual y la bata de seda se deslizó por sus brazos. Luego, antes de poder cuestionar sus motivos, se quitó el camisón que llevaba debajo, que cayó como un velo azul sobre el edredón dorado.

Amaya tragó saliva, inmóvil.

Completamente desnuda, como él le había ordenado.

Y sabía que no significaba nada, que no era más que un sueño, que solo podía ser un sueño. Seis meses antes había perdido la virginidad con aquel hombre en un rincón escondido del palacio de Bakri. Había tenido sus manos y su boca por todas partes en los baños unas horas antes, pero en ambas ocasiones tenía la ropa puesta.

Era asombroso lo diferente que era estar frente a él totalmente desnuda por primera vez.

–¿Por qué bajas los hombros como una adolescente avergonzada? –le preguntó él, tan calmado que si no fuera por el brillo de sus ojos podría pensar que su desnudez no lo afectaba en absoluto–. ¿Por qué te inclinas hacia delante como si no supieras lo que vales? ¿Es así como te ofreces a mí, Amaya, como disculpándote?

–No estoy disculpándome –respondió ella. Tampoco pensaba estar ofreciéndose, por supuesto, sino más bien obedeciendo sus órdenes por una razón que no se atrevía a examinar.

–¿Estás segura? He visto tortugas más tentadoras escondidas en sus caparazones –replicó Kavian. Estaba burlándose y esbozó una sonrisa al ver que se ruborizaba–. Siéntate erguida. Arquea la espalda si estás orgullosa de tus pechos.

–Creo que los dos sabemos que no hay mucho de lo que estar orgullosa. ¿Por qué presumir de lo que no tengo?

–No estoy interesado en tu opinión sobre ellos, es la

mía la que cuenta y recuerdo bien su sabor –dijo él enarcando una ceja, como si lo asombrase su temeridad–. Endereza más la espalda, por favor.

Casi sin darse cuenta de lo que hacía, Amaya se irguió, arqueando la espalda en un gesto invitador y presentando sus pechos ante él. Y sí, también se echó el pelo hacia atrás en un gesto instintivo y supo, de alguna forma, que eso le gustaba.

Por un momento, aunque podrían haber sido años, Kavian la miró en silencio.

Debería ser aburrido. Debería sentirse incómoda, rara, expuesta, avergonzada.

Pero en lugar de eso, estaba ardiendo. Lo deseaba tanto...

–Mírate –dijo Kavian en voz baja–. Respiras con dificultad, estás ruborizada. Si metiese una mano entre tus muslos, ¿qué encontraría?

Amaya no pensaba responder a esa pregunta.

–Haría falta tan poco... Tus pezones están duros, ¿no? Piensa en todas las cosas que podría hacer con ellos. Piensa en lo que sentirías –siguió él, su voz era casi un suspiro. Amaya se movió, inquieta, presionando contra el edredón sin darse cuenta–. No, nada de eso –dijo Kavian, con una sonrisa en los labios–. Terminarás por mí o no lo harás, Amaya. Recuerda eso.

Ella sabía que debería decir algo. Debería desafiarlo, luchar. Debería negarse a actuar como él quería que lo hiciera, pero Kavian no era el único que lo deseaba y no estaba segura de poder enfrentarse a lo que eso decía de ella, en qué la convertía.

Y por eso era más fácil hacer lo que le pedía.

–Ponte de rodillas –dijo él en voz baja, en un tono casi de complicidad, como si ya estuviese dentro de ella. Como si estuviera dentro de su mente. Como si supiera de esas oscuras y retorcidas emociones que Amaya no podía admitir–. Ahí, donde estás.

–No voy a ponerme de rodillas para suplicarte nada –le espetó ella. Pero su voz no parecía suya y él no parecía particularmente conmovido por el arrebato.

–No, claro que no. Todo esto te horroriza, seguro.

–Así es.

–Ya lo veo –Kavian inclinó a un lado la cabeza, mirándola con esos ojos grises que brillaban como si fueran de plata–. Ponte de rodillas, Amaya. No me hagas pedírtelo otra vez.

Ese era el momento de la verdad. Amaya no entendía bien por qué se había quitado la ropa cuando él se lo ordenó y ya no podía hacer nada al respecto. Pero aquello, ese momento, era donde debía trazar la línea.

Era muy sencillo. Lo único que tenía que hacer era saltar de la cama y alejarse de él. Kavian era muchas cosas, pero estaba segura de que no era un bruto. Duro, sí, el hombre más duro que había conocido nunca, pero su intuición femenina le decía que no la forzaría a nada. Lo único que tenía que hacer era saltar de la cama.

Cuando se movió, su cuerpo ya no parecía suyo. Podía sentir cada centímetro de su piel, como si estuviese más viva que nunca, como si no se reconociese a sí misma. Estaba tan sensibilizada que era como si el propio aire estuviese acariciándola.

Tal vez por eso no se dio cuenta de lo que estaba haciendo hasta que lo hizo. Y, de repente, estaba de rodillas ante él, precisamente como le había ordenado que hiciera.

Y, cuando él la miró, arqueó la espalda, echando los hombros hacia atrás y presentándole sus pechos como le había pedido. No solo sus pechos, todo su cuerpo. Ante él.

Era la bandeja de plata, lo entendió entonces. Se había subido a ella por propia voluntad, desnuda para que Kavian hiciese con ella lo que quisiera.

Al pensar eso, se le aceleró el pulso.

El aire, entre ellos, parecía cargado de electricidad. No podía ver nada más que esa fría y dura mirada suya. No podía sentir nada más que esa ansia, ese deseo oscuro y profundo que la consumía y hacía que le temblasen tanto las rodillas que casi agradecía no tener que estar de pie.

Quería que la tocase. Quería que la tomase como había hecho esa noche, seis meses antes, como había hecho en la piscina. Lo deseaba.

—Entonces debes decirlo, *azizty*, y lo tendrás —murmuró Kavian.

Y Amaya se dio cuenta de que lo había dicho en voz alta.

Tenía la boca tan seca como si hubiera inhalado toda la arena del desierto y no podía dejar de temblar. Sabía que esa era una línea que no podía cruzar, que no habría vuelta atrás si lo hacía. Que, si era sincera consigo misma, ya había ocurrido seis meses antes, aunque hubiera intentado negárselo a sí misma. Llevaba seis meses huyendo para terminar donde había empezado.

—Por favor —susurró. Pero no era eso lo que quería decir.

—Dilo —le ordenó él con tono seco.

Era una orden que exigía total rendición, pero en ese momento no estaba segura de que le importase.

«Me llamarás por mi nombre», le había dicho. Parecía querer que le suplicase...

61

Y tampoco eso le importaba.

–Por favor, Kavian –repitió–. Kavian, por favor.

Él esbozó una sonrisa masculina, oscura y satisfecha que encendió todo su cuerpo, haciendo que estallase en llamas.

Y luego alargó una mano para levantarle la barbilla y Amaya tragó saliva.

Capítulo 6

KAVIAN quería hundirse en ella en ese mismo instante. Necesitaba aplacar un deseo aguijoneado durante esos últimos seis meses, mientras la buscaba por todo el planeta.

Había descubierto, para su sorpresa, que después de tener a Amaya, aunque hubiera sido a toda prisa, no se excitaba con ninguna otra mujer.

Y también pagaría por eso.

Pero antes la ataría a él con un nudo que Amaya no pudiese deshacer. Primero, se encargaría de que no viese nada en el mundo más que a él. Haría que su deseo por él fuese más importante que el aire que respiraba y tal vez entonces dejaría de buscar salidas estratégicas. Quería que fuera suya en cuerpo y alma.

La idea de tenerla completamente a su merced, como debería haber sido desde el día de su compromiso, le encendía la sangre. La opresión que sentía en el pecho era debida a la injusticia y el insulto de que Amaya hubiese huido de él. Pero ya era suya y era hora de que entendiese cuál era su sitio.

Porque él era el rey de una tierra dura, no un sabueso que pudiese vagar por el mundo para siempre en busca de su novia a la fuga. Había recuperado el trono de su padre con su propia sangre, su propio sacrificio, y defendería la independencia de Daar Talaas sin importarle el coste. De modo que no tenía más alternativa que buscar a la mujer que había intentado avergonzarlo a ojos de su gente.

Además, la deseaba y estaba seguro de que la desearía para siempre. Amaya era suya, pero era hora de volver al intrincado asunto de gobernar aquel país antiguo y difícil o perdería ante alguien que estuviese dispuesto a hacerlo. Esa era la ley de Daar Talaas, ese era el precio del poder, que solo pertenecía al hombre capaz de asegurarlo.

Y su relación con aquella mujer no era diferente. Él no permitiría que lo fuese.

Kavian sostuvo la redonda barbilla de Amaya en su mano, aunque sabía que podría inmovilizarla solo con su mirada. La sentía temblar y veía la emoción en sus ojos oscuros. Podía respirar el delicado aroma de su piel y la dulce fragancia de su pelo que, por fin, caía libremente sobre los hombros.

Y, por encima de todo eso, el rico efluvio de su pasión.

Lo único que había deseado más en toda su vida era el trono que había recuperado con fiera determinación cuando encontró fuerzas para hacer lo que tenía que hacer. Había sido educado para vengarse y, por fin, se había vengado cuando apenas tenía veinte años. Y aun así, el gran logro de su vida parecía lejano en ese momento, con Amaya desnuda y obediente, con la mirada clavada en él.

«Este es el momento», se dijo a sí mismo. «Conquístala ahora y nunca tendrás que volver a arriesgar el trono por ella».

Había sabido que deseaba a Amaya desde el momento en que la vio en aquel vídeo. Y había sabido que tenía que hacerla suya cuando la conoció en el palacio de Bakri. Había sospechado entonces que sería la perfecta compañera.

Y en ese momento estaba tan seguro de eso como de su propio nombre.

Seis meses antes, la pasión entre ellos había estallado en llamas inesperadas y devoradoras. Se habían conocido cuando Kavian llegó con su cortejo al palacio real de Bakri para reclamarla como su prometida. El compromiso oficial que forjaría una alianza política entre los dos países tuvo lugar en el majestuoso salón del trono, rodeados de ministros, embajadores y periodistas cuidadosamente elegidos.

Había acuerdos que firmar y promesas que hacer. Y la mujer que había prometido casarse con él tenía el aspecto de una intocable princesa del desierto. Habían charlado con insufrible frialdad rodeados de observadores. Habían sido agasajados durante una larguísima cena con interminables discursos de los nobles de Bakri y, sentados el uno al lado del otro, no habían estado fuera de esa pecera ni por un momento. No habían tenido una conversación privada, ni un minuto a solas.

Al día siguiente tuvo lugar la ceremonia oficial de compromiso, en el gran salón de baile del palacio, decorado en tonos dorados. Estaban rodeados de cámaras, periodistas, cotilleos y un desfile de aristócratas comentándolo todo. Como cornejas que estuvieran picoteándolos.

—En mi país no hay necesidad de una ceremonia —le había dicho Kavian mientras hacían la entrada juntos, rozando delicadamente su brazo como exigía la tradición—. Lo que importa es que el rey elija a su reina, sin formalidades. La ceremonia del casamiento es innecesaria.

–El país de mi hermano no es precisamente un modelo de modernidad –había replicado Amaya. Y él se había perdido en el brillo desafiante de esos ojos de color chocolate, en la dulce exuberancia de sus labios, en ese profundo y abrumador deseo que lo había perseguido desde que la vio en aquel vídeo–. Pero Rihad prefiere que los matrimonios sean legales y debo admitir que yo soy de la misma opinión.

–Como desees –había murmurado Kavian.

En ese momento hubiera dado todo lo que tenía por una sonrisa. Su nombre, su protección, sus riquezas, sus tierras. Hasta su sangre y su vida. Todo lo que ella desease.

Pero Amaya mantenía la mirada en el celebrante, no en él.

Y Kavian lo odiaba.

Habían intercambiado los votos iniciales ante reyes de países vecinos, jeques, gobernantes, sultanes, ministros, aristócratas y miembros de su propio gabinete. El hermano de Amaya, sus hombres...

Y entonces, cuando terminaron los discursos sobre la unidad y la familia para beneficio de los enemigos en la región, Kavian había llevado a su prometida aparte para poder, por fin, tener un momento a solas.

«Solo un momento», había pensado. No tenía nada planeado, solo quería un poco de privacidad con ella, un minuto sin que nadie los mirase. Había querido ver lo que había entre ellos entonces, sin nadie más que ellos dos para juzgar o analizar.

Se había felicitado a sí mismo por su magnanimidad, orgulloso de no ser como sus antepasados, y de su intención de ganarse el afecto de aquella mujer poco a poco. Él no iba a echarla sobre la silla de su caballo para recorrer el desierto como habían hecho los beduinos de su árbol genealógico. No tenía la menor intención de mostrarse como un bárbaro con una mujer que había sido educada en Occidente y que, sin duda, tendría todo tipo de opiniones sobre lo que significaba ser «civilizado».

Pensaba cortejarla como los sofisticados urbanitas a los que estaba acostumbrada, aquellos que vivían en esos edificios de cemento y cristal que él detestaba. Había planeado hacer lo que tuviese que hacer, fuera lo que fuera, para atarla a él en todos los sentidos.

La había llevado a un rincón escondido del salón de baile mientras el resto de los invitados disfrutaban de la fastuosa hospitalidad de Rihad al Bakri. La había mirado a los ojos cuando por fin estuvieron solos, intentando ver dentro de ella, intentando equiparar su exquisita belleza con la imagen que había llevado en su cabeza durante ese tiempo. Había intentado procesar el hecho de que ya era suya, dijese lo que dijese.

Y eso era como un rayo de sol, cálido y brillante, iluminándolo por dentro. No sabía cómo entenderlo.

—En fin —dijo Amaya con falsa alegría—, aquí estamos. Comprometidos oficialmente, pero unos desconocidos el uno para el otro.

—No somos desconocidos —la corrigió él, con más sequedad de la que pretendía. De hecho, no había querido decir nada. Estaba hechizado por las intrincadas trenzas que llevaba como una corona sobre el brillante cabello oscuro. Y su mirada era como una caricia, un encantamiento—. Pronto seré tu marido. De hecho, ya eres mía.

—Aún no soy tuya —había dicho ella, levantando la barbilla en un gesto de desafío. Y, volviendo la vista atrás, ese gesto había presagiado algo que debería haber tenido en cuenta–. Además, deberías saber que no puedo casarme con un hombre que tiene un harem. Podría aceptar un compromiso por razones políticas, especialmente si eso ayuda a mi hermano, pero un matrimonio en esas circunstancias es imposible. Me niego.

Kavian había seguido mirándola como si estuviera sediento y ella fuese la única posibilidad de saciar su sed. La mayoría de la gente capitulaba de inmediato ante su mirada, pero Amaya había erguido los hombros sin el menor miedo.

Y eso le gustaba. Demasiado, si debía decir la verdad.

–Por ti, me desharé del mío –le había dicho, como si Amaya no acabase de entregarse a él ante los representantes de dos países y, desde ese momento, ante gran parte del mundo–. ¿Eso es lo que quieres? Pues está hecho.

Había dejado de contenerse entonces. La había mirado con ese fuego, con el oscuro anhelo que sentía, sin disimular. No había ocultado nada de la bestia que rugía dentro de él. Ni siquiera lo había intentado.

Y Amaya había hecho algo extraordinario entonces, se había ruborizado, pero no de miedo. No estaba horrorizada, ni siquiera particularmente escandalizada. Al contrario, por un momento lo miró con un brillo ardiente en los ojos... y luego apartó la mirada, como si fuese demasiado para ella. Como si él fuera demasiado.

Como si sintiera exactamente lo mismo.

«Mía», pensó con todas las células de su cuerpo. Con cada aliento.

Y entonces había tomado su cara entre las manos, rozando esas suaves trenzas con los dedos, y la había besado por primera vez.

Y eso lo había cambiado todo.

Los había hecho estallar allí mismo, sin pensar en nada más.

Esa llama se había intensificado desde entonces, mientras la buscaba por el mundo entero, imaginándosela desnuda delante de él, como estaba en ese momento. Por fin.

–¿Por qué me miras así? –le preguntó Amaya. Y en su voz notó nerviosismo, pero también deseo.

Había tenido razón sobre la química que había entre ellos seis meses antes y tenía razón en ese momento.

–Sé que debo ir despacio, que debo actuar como el hombre sofisticado que no soy, pero es imposible, *azizty* –murmuró–. Es totalmente imposible cuando me miras con esos ojos tan grandes e inocentes, porque son una tentación irresistible.

–Mis ojos no son inocentes –se apresuró a decir ella–. Son perversos. Tan sucios y lascivos como el resto de mí. No dejo de repetírtelo...

Kavian sonrió cuando Amaya volvió a ruborizarse.

–Eso no es verdad.

–Quiero que vayas despacio –susurró ella entonces.

–No, eso tampoco es verdad –dijo Kavian, tomándola entre sus brazos, exultante al ver cómo se derretía contra su torso, como si de verdad estuviese hecha para él.

Y luego se apoderó de su boca por fin y dejó que el incendio los consumiese a los dos.

Kavian la devoraba.

No había otra palabra para definir lo que estaba haciendo.

Sus besos eran como una adicción, como una travesía salvaje de la que no se cansaba. Apretándola contra su torso, Kavian inclinó la cabeza y, sencillamente, la devoró.

Y a Amaya le encantaba.

Cuanto más tomaba, más daba ella. Mientras recibía los envites de su lengua arqueó la espalda, apretando sus pechos contra el torso masculino, disfrutando del roce de las fuertes manos que apretaban su trasero, empujándola hacia él.

Haciendo que se volviese loca de deseo.

Kavian se apartó un poco y dejó escapar un masculino suspiro de satisfacción al ver la decepción que Amaya no podía disimular.

–Sé paciente, *azizty* –le aconsejó, con tono burlón.

Estaba alargando aquello deliberadamente para que su deseo se intensificara. O tal vez haría todo lo que quisiera sin contar con ella porque sospechaba que también eso le gustaría.

Kavian se tomó su tiempo, besando perezosamente su cuello, su clavícula. Luego inclinó la cabeza para besar sus pechos, haciéndola gemir mientras los acariciaba con la lengua y envolvía los duros pezones con los labios.

En aquella ocasión no la dejó caer por el precipicio porque tenía otras cosas en mente. La tomó en brazos y la tumbó sobre la enorme cama para lamer su ombligo, su vientre y luego más abajo, riéndose cuando ella se revolvió entre el deseo y el delirio.

Y a Amaya le daba igual mientras siguiera tocándola, saboreándola, haciéndola sentir más hermosa y preciosa que nunca en toda su vida.

–Kavian... –no había querido pronunciar su nombre. Apenas sabía lo que estaba haciendo cuando levantó sus caderas con las dos manos y la sostuvo así, mirándola como si de verdad fuese un banquete y él estuviese hambriento–. Por favor...

–Eso me gusta –dijo Kavian con tono de aprobación. Estaba tan cerca que Amaya podía sentir el roce de su aliento en su parte más íntima, la sensación iba extendiéndose por todo su cuerpo, corriendo por sus venas–. Suplícame.

Y entonces lamió su sexo y Amaya explotó.

Pensó que había gritado su nombre, o tal vez lo había gritado para sus adentros. En cualquier caso, estaba perdida en una tormenta de sensaciones. Perdida por completo, alterada.

Era como morir, y lo más sorprendente era cuánto le gustaba.

Se sentía como otra persona cuando abrió los ojos y encontró a Kavian totalmente desnudo, sujetando el peso de su cuerpo con los brazos mientras empujaba el duro miembro masculino hacia su húmeda entrada.

Estaba más serio que nunca. Y le parecía increíble, imposiblemente atractivo. Arrebatador.

Amaya no era capaz de respirar. Se sentía como si estuviese rodando, dando vueltas sin esperanza de parar, perdida para siempre en esa oscura mirada gris.

Kavian la miraba como si quisiera comérsela viva. La miraba como si ya lo hubiera hecho.

Ella quería decir mil cosas. Quería decirle que la confusión que sentía era culpa suya, que ya no sabía quién era. Quería hacerlo y, sin embargo, no era capaz, de modo que sostuvo esa terrible y maravillosa mirada suya y levantó una mano para acariciar su orgullosa mandíbula.

Su mirada la quemaba mientras empujaba con implacable y despiadada suavidad, hundiéndose hasta el fondo.

Por un momento, o un año, una eternidad, se miraron el uno al otro.

–La última vez te hice daño –dijo él con voz ronca, descarnada. No parecía en absoluto arrepentido y, sin embargo, los ojos de Amaya se humedecieron.

–Solo un momento –susurró, como si le hubiera pedido perdón. Como si ella lo estuviese perdonando.

Y era cierto. Solo había sido un instante de dolor, rápidamente olvidado y perdonado en el salvaje tumulto de sensaciones. Aunque seguía sin entender cómo había pasado. Estaban charlando después del compromiso oficial y, un minuto después, sus bocas se fundían como si no pudieran evitarlo. Y, un momento más tarde, él le levantaba la falda del vestido hasta la cintura para hundirse en ella.

Amaya había tenido que reconocer, con total sorpresa, que no tenía control sobre sí misma cuando estaba con él. A los veintitrés años, no había mantenido relaciones sexuales porque nunca había sentido esa clase de conexión con nadie... y entonces había aparecido Kavian y había roto todas sus barreras en un día y medio. Estaba tan sorprendida de sí misma por haber dejado que pasara como por lo que había pasado.

Estaba dentro de ella de nuevo, esperando, sujetando el peso de su cuerpo con los brazos y mirándola con una enigmática sonrisa en los labios.

–Sigue –murmuró, como si supiera que ella no sabía qué hacer. Y era cierto, no lo sabía. La última vez había ido como tambaleándose por el borde de un acantilado hasta la centelleante explosión. Aquello no era menos vívido, ni menos abrumador, pero la explosión parecía fuera de su alcance y pensó que él estaba haciéndolo a propósito–. Descubre qué es lo que te gusta, *azizty*. Quiero saberlo.

Amaya pensó que aquello debería ser bochornoso.

Kavian parecía capaz de leerle el pensamiento, capaz de saber lo que deseaba incluso antes que ella.

«Siempre ha sido así», le dijo su vocecita interior. «Y siempre será así».

Pero empezó a mover las caderas en círculos, al principio de forma tentativa y luego, cuando él dejó escapar un gruñido de masculina aprobación, de forma más decidida. La deliciosa fricción era excitante, apasionante, y pasó las manos por el ancho y esculpido torso, cruzado aquí y allá por cicatrices que hablaban de una vida de acción. Levantó un poco la cabeza para besar la fuerte columna del cuello y rozó con la lengua los pezones oscuros, disfrutando del sabor salado de su piel.

Se movía adelante y atrás, disfrutando del roce del duro miembro en su derretido centro, hasta que temblaba de arriba abajo. Se sentía impotente, vibrante y excitada como nunca, pero insegura.

–Permíteme –dijo Kavian, con voz ronca.

Y entonces deslizó las manos bajo su trasero y tomó el mando.

Era la diferencia entre la luz de las velas y el resplandor del sol del desierto.

La tomó como la besaba, casi con furia. Y Amaya no podía hacer nada más que envolver los brazos y las piernas a su alrededor, apretarlo con todas sus fuerzas y disfrutar de aquella gloria.

Kavian metió una mano entre los dos y presionó con un dedo justo donde más lo necesitaba... y le pareció que se reía mientras ella se rompía en mil pedazos.

Pero él se liberó inmediatamente después y Amaya pensó que lo oía pronunciar su nombre.

Capítulo 7

NO DEBERÍA haberla sorprendido que Kavian fuese un hombre de opiniones claras y precisas. Después de todo, nunca había fingido ser de otra manera.

Opinaba sobre lo que ella debía ponerse, cuándo y con quién. Cómo debía pasar su tiempo en el palacio cuando no estaba con él y, desde luego, qué debía hacer cuando estaban juntos. Lo que debía comer, durante cuánto tiempo debía pasear por el extenso jardín del palacio, cuánto café debía tomar. No había ningún detalle, por pequeño que fuera, que escapase a su atención. No porque fuese controlador, le había dicho, sino porque estaba convirtiéndola en su reina. Un papel que sería diseccionado por su pueblo y por cientos de revistas de todo el mundo, así que los detalles eran importantes.

–No puede importarte eso –le había dicho una tarde, un poco molesta.

Se había reunido con ella en el jardín, lleno de flores bajo un cielo azul, y le había dicho que no le gustaba que llevase el pelo en una coleta porque prefería la trenza que solía llevar sobre el hombro, o el pelo suelto y cayendo por su espalda.

Luego le había quitado la goma y se la había guardado en un bolsillo, como si no pudiera soportar la ofensiva coleta un segundo más.

–¿Tú crees?

–Tienes que gobernar un país, Kavian –le había recordado Amaya, preguntándose de dónde sacaba el valor para desafiarlo cuando aún la hacía temblar, cuando se lo robaba todo–. Lo que haga con mi pelo no debería preocuparte. De hecho, debería ser lo último que te preocupase.

–Nada de lo que se refiera a ti me parece insignificante, *azizty* –dijo él, con una sonrisa que la hizo estremecerse y pensar que haría cualquier cosa para verla de nuevo, enfrentarse a él, huir, someterse, lo que fuera. Y eso la dejaba perpleja–. Nada en ti es insignificante. Eres mi reina.

Y luego la tomó entre sus brazos y la besó hasta que decidió que la coleta le daba igual.

Pero mientras se sentaba con el grupo de consejeros que le enseñaban cada día el protocolo del palacio o las intrincadas jerarquías sociales de Daar Talaas, pensó que siempre era ella la que cedía. O Kavian la abrazaba y cedía. Y no era solo Kavian; toda su vida era una serie de rendiciones similares. Y eso era lo que la había llevado allí.

Porque siempre había sido más fácil ceder que causar problemas.

–No tienes derecho a tomar decisiones por mí –le había dicho a su padre unos años antes. Era su intención tomarse un año sabático, pero él quería que tuviese un título universitario y también que se quedase en Montreal para poder vigilarla, o eso había sospechado ella. Había sido muy valiente desde un móvil en París, lejos de él. Amable, pero firme.

–¿Cómo que no? –había replicado el viejo jeque, con el tono que usaba cuando pronunciaba un decreto real, esperando que se convirtiese en ley de inmediato–. Soy tu padre y tu rey, Amaya. Más que eso, soy yo quien paga tus facturas. ¿Quién tiene más derecho que yo?

Y ella había cedido, pensando que era lo más práctico, que siempre lo había hecho como una táctica de supervivencia.

«O tal vez eres débil», había pensado entonces. Y volvió a pensarlo en ese momento, mientras el viejo y aburrido visir le explicaba la importancia de aprender a dirigirse a un embajador.

«O te defenderías».

Pero la única persona a la que había desafiado abiertamente en su vida era a Kavian, cuando escapó después de la fiesta de compromiso, y no podía entender por qué todo se había vuelto tan complicado desde entonces que podía querer desafiarlo con cada célula de su ser, temerlo tanto como desearlo con cada aliento y, sin embargo, derretirse ante la menor caricia.

Y sentir todo eso como si no fuera una contradicción.

Kavian era como los demás hombres de su vida, que esperaban obediencia inmediata no solo de ella, sino del mundo entero y, en general, la conseguían. Como su difunto padre o su hermano, Rihad, el nuevo rey de Bakri, eran hombres hechos con el mismo molde.

Incluso su difunto hermano, Omar, que había muerto en un trágico accidente de coche y que había sido la oveja negra de la familia porque se negaba a casarse con la mujer que habían elegido para él, había vivido su vida en sus propios términos, sin ceder nunca.

¿Por qué era solo ella quien cedía? Cuanto más tiempo pasaba en la adictiva e intensa presencia de Kavian, menos conocía la respuesta a tal pregunta.

–No somos de goma –le había dicho su madre una vez, furiosa porque había decidido acudir al entierro de su padre–. ¿Qué pasa cuando no puedes ceder? ¿Qué pasa cuando en cambio te rompes?

Amaya había querido decir: «Tú no me has roto, madre. Y si tú no lo has hecho, ¿quién será capaz de hacerlo?».

Pero no había dicho nada porque era más fácil no discutir. Era más fácil ceder, sencillamente.

Amaya al Bakri no se rompía. Cedía y cedía y luego, cuando ya no podía ceder más, salía huyendo. No había otra forma de describir su comportamiento, pensaba mientras planeaba escapadas que no se atrevería a llevar a cabo.

«Cobarde».

Pero no se sentía como una cobarde. Se sentía tan valiente como abrumada cada vez que se rendía a la sensual posesión de Kavian, con los días mezclándose con las noches. Todo su mundo estaba concentrado en sus magistrales caricias. ¿Era eso ceder o sencillamente estaba hundiéndose en un mareante mundo de deseo que no había conocido hasta ese momento? ¿El deseo era lo único que importaba a pesar de que la aterrorizase?

La facilidad con que se había entregado al hombre que la había llevado allí contra su voluntad debería preocuparla, pensó entonces. Se había opuesto a hombres como Kavian durante toda su vida. Autoritarios, peligrosos y totalmente seguros de sí mismos Desde lo que deseaban como desayuno a lo que pensaban que ella debería hacer con su vida. Desde las coletas a la poligamia.

Por eso su madre había dejado a su padre, porque no tenía intención de reducir sus actividades extramaritales fuera y dentro de su harem. Se había ofendido cuando Elizaveta mostró su disgusto y, por eso, Amaya había pasado la mitad de su vida huyendo, furiosa con su hermano Rihad por pedirle que se casase con Kavian, como si no entendiese lo imposible que era para ella casarse con un perfecto desconocido. Y debería entenderlo, ya que él lo había hecho dos veces.

Y en cuanto conoció a Kavian supo que tenía que escapar de él porque era mucho peor que todos los demás hombres. Esa prepotencia, esa necesidad de dar órdenes y su arrogante asombro cuando tales órdenes no eran obedecidas de inmediato. La obsesión por cada detalle, por insignificante que fuera. Debería estar horrorizada después de pasar unas semanas con él, tan abrumada como se había sentido la noche de su compromiso.

El problema era que cada vez que Kavian ponía sus recias manos sobre ella era pura magia.

Tal vez todos los hombres eran igualmente mágicos, pensó. Tal vez el sexo sería exactamente igual con cualquier otro. Quizá lo que había entre ellos era normal, pero no podía saberlo porque Kavian era el único hombre que la había tocado de ese modo, con el que se había rendido de ese modo.

Y la verdad era que no encontraba su actitud autoritaria y su seguridad masculina tan desagradables en el dormitorio como debería, sino al contrario. Se olvidaba de todo cuando Kavian la abrazaba...

–¿Me ha oído, Alteza? –la voz del visir fue como una desagradable bofetada de realidad y Amaya tuvo que esbozar una sonrisa para disimular–. Debo insistir en la importancia del protocolo del palacio, que es...

–Lo único que nos quedaría si el mundo se hundiese a nuestro alrededor– terminó Amaya la frase por él, alegrándose de haber prestado atención en otras ocasiones–. Por favor, siga, le aseguro que estoy pendiente de cada palabra.

A la mañana siguiente, Kavian se despertó antes del amanecer, algo que, Amaya sabía, hacía religiosamente porque esa fabulosa forma física no ocurría por casualidad. Kavian se sometía a un riguroso régimen de ejercicios cada día sin faltar uno solo. Durante horas, con lo que parecía la mitad de su ejército, hacía un salvaje entrenamiento militar y luego volvía a su cama y la despertaba con su típico, ingenioso y perverso estilo.

A veces con las manos. A veces con la boca. A veces de formas aún más imaginativas.

Aquel día la encontró tumbada boca abajo en la cama y la levantó, apretándola contra su torso, sujetando sus caderas con una mano y dejando la otra sobre el colchón, a su lado, mientras besaba su cuello.

Había sido un encuentro ardiente, salvaje, rápido, y absolutamente excitante.

–Termina para mí –le ordenó, después de tenerla al borde del abismo durante lo que le pareció una eternidad, perdida del todo en un desesperado mundo de sensaciones en el que no importaba quién estaba rindiéndose o qué significaba eso–. Ahora mismo.

Le había enseñado tan bien durante esas semanas que solo hizo falta esa orden, pronunciada con voz ronca, para que Amaya se dejase ir, rompiéndose en mil pedazos, con el rostro aplastado contra la almohada y los puños apretados a los costados. Y luego, cuando Kavian gritó de placer mientras se derramaba en su interior, estuvo a punto de experimentar otro orgasmo.

La besó en el cuello hasta hacerla temblar y luego murmuró algo que no entendió antes de dejarla tumbada allí para empezar el día.

Daba igual, pensó medio adormilada, suspendida en ese delicioso estado donde no había nada más que el dulce latido de su cuerpo. Hiciera lo que hiciera, como lo hiciera, siempre le parecía una caricia.

Tardó un rato en levantarse de la cama para entrar en una ducha en la que cabría cómodamente todo el harem que Kavian había descartado, aunque ese no era un tema en el que quisiera pensar demasiado porque no llevaba a nada bueno.

Cuando terminó, se envolvió en una bata de seda para reunirse con él. Solían desayunar en una salita soleada anexa al dormitorio, con un balcón desde el que tenían una magnífica vista de las montañas y el desierto, y al entrar pensó que se sentía más bien... entusiasmada.

Ese era un pensamiento chocante y se dijo a sí misma que había caído en una rutina, nada más. O, más bien, él había creado esa rutina para los dos. Kavian había insistido en que compartiesen el desayuno desde el primer día.

–Nunca sé qué tendré que hacer durante el día –le había dicho esa primera mañana, cuando Amaya se despertó sobresaltada al encontrarse sobre su torso como si siempre hubiera compartido su cama. Kavian tiró hacia atrás de su pelo para mirarla a los ojos en un gesto posesivo–. Pero quiero saber dónde empezará, y con quién.

Y Amaya había aceptado porque estaba atónita por todo lo que había pasado desde que levantó la mirada en aquella cafetería de Canadá. Era mejor perder una batalla que la guerra, se decía a sí misma. No tenía nada que ver con sus sentimientos ni con las cosas que Kavian decía, que en otro hombre podrían sonar románticas.

Si fuese otro hombre. Si ellos fuesen personas distintas.

Tal vez, en el fondo, había querido aceptar la vida que él le ofrecía después de tantos años obedeciendo los caprichos de su madre y siguiendo a su corazón roto por todo el planeta. Era muy tentador querer quedarse en aquel sitio, con aquel hombre, en esa vida que él dirigía de forma tan implacable como todo lo demás.

Era más que tentador. Era algo muy parecido a tranquilizador. Como si por fin se sintiera segura, como si hubiese encontrado un hogar.

Como una nota musical sostenida durante largo rato.

Pero no debería pensar esas cosas.

Amaya se sentó frente a la mesa de cristal y miró a Kavian, que estaba leyendo el periódico. Nada en aquel hombre era seguro o tranquilizador cuando la miraba con esos ojos como de plata. O cuando sonreía, mostrando ese hoyuelo irresistible sobre la comisura de los labios.

–Hoy por fin te encargarás de tu vestuario –le dijo a modo de saludo–. He traído a mis diseñadores favoritos de Italia y te esperan en el salón amarillo para tomarte medidas.

Amaya intentó apartar la atención de su tentadora boca y concentrarse en el abundante desayuno.

–¿Qué le pasa a mi vestuario? –le preguntó. Él miró la bata de seda haciendo una mueca–. No me refiero a esto.

–Me gustas así –respondió Kavian, clavando en ella su mirada gris–. Pero mataría a cualquiera que te viese con tan poca ropa.

Y Amaya volvió a sentir aquella opresión en el pecho, aquel rubor de placer, como si gustarle fuese lo único importante, como si estuviera siendo romántico cuando decía esas cosas.

–¿Cuántos vestidos van a hacerme exactamente? –le preguntó, enarcando una ceja–. ¿Diecisiete, por casualidad?

Kavian esbozó una sonrisa.

–¿De verdad quieres que responda a esa pregunta?

–Mi vestuario es perfectamente adecuado –dijo Amaya. Y era cierto. Su hermano había enviado allí todas sus cosas meses antes de que Kavian la encontrase en Canadá. Cuando se despertó esa primera mañana en Daar Talaas encontró otro vestidor lleno de todo lo que había dejado en Bakri, desde vestidos de noche para actos oficiales a sus tejanos rasgados favoritos, aunque dudaba que Kavian los encontrase apropiados–. ¿Te parece mal?

–Me parecería bien si siguieras sirviendo cervezas en un pub de Escocia, pero no es así. Te aseguro que, aunque tus deberes aquí serán variados, nunca incluirán servir cervezas en un bar.

–Era un pub muy decente. ¿Y qué te importa a ti dónde haya trabajado?

–Eras una princesa –respondió él, mirándola con cara de asombro. Y nunca le había parecido más un rey que en ese momento, autoritario y arrogante–. Aparte de tener que soportar a borrachos todas las noches, algo que debía volver loco a tu padre, tal trabajo era indigno de ti.

No pensaba contarle que su padre había intentado convencerla, y hasta sobornarla, para que lo dejase hasta el día que murió. Aunque solo había sido una pequeña rebelión, no lo lamentaba.

Pero, si era sincera consigo misma, en cierto modo había sido un alivio que Rihad la llamase tras la muerte de su padre para decirle que era hora de ocupar su puesto como princesa de Bakri. Nunca había sido una persona desafiante, solo Kavian parecía despertar en ella esa oposición.

–Ser princesa no es más que un título de una vida que solo fue mía cuando era pequeña. Y luego, recientemente, para que mi hermano obtuviese provecho político –dijo Amaya, encogiéndose de hombros–. No soy una princesa de verdad, nunca lo he sido.

No podía leer su rostro y le daba igual. No quería saber lo que pensaba porque, en cualquier caso, Kavian haría lo que quisiera.

Era una pena que encontrase eso más atractivo que terrible.

–Es solo un título que no tendrás que seguir soportando durante mucho tiempo –replicó él. Y Amaya, irritada, se sirvió un café y removió el azúcar con más fuerza de la necesaria–. Eres la reina, mi reina, por si necesitas que te lo aclare.

–Oficialmente, solo soy tu prometida –le recordó ella, aunque no hacía falta–. He aprendido muchas cosas sobre la jerarquía de Daar Talaas en esas clases que me obligas a tomar...

–No son clases –la interrumpió él con una mirada severa–. No eres una adolescente haciendo un curso de verano.

Amaya puso los ojos en blanco.

–Charlas entonces. ¿Es un término mejor?

–Te reúnes con tus ayudante y consejeros para entender tu papel como reina de este gran país –Kavian arqueó una oscura ceja, como retándola a contradecirlo–. Y estás practicando el árabe para poder conversar con tus súbditos cuando sea apropiado.

Quería decir con los súbditos que no hubieran sido vetados por sus hombres. Cuando se trataba de su seguridad física, Amaya había descubierto que Kavian era inflexible. Al contrario que el resto del tiempo, cuando era «casi» totalmente inflexible. Aunque eso no debería hacerle gracia. De hecho, debería darle miedo.

«¿Qué pasa cuando no puedes ceder?», le había preguntado su madre una vez. «¿Qué pasa cuando en cambio te rompes?».

–La cuestión es que yo nunca he querido el papel de princesa –dijo en voz baja. No podía entender sus sentimientos. Aquella absurda idea de estar a salvo con un hombre tan elemental, primitivo y poderoso debía significar que ya estaba rota–. Nunca me trataron como a una princesa desde que me fui de Bakri con mi madre.

Al contrario, pensó, durante mucho tiempo Elizaveta se ponía furiosa al escuchar la palabra «princesa» y castigaba a Amaya por ello, aunque no fuese culpa suya.

Pensativa, tomó un sorbo de café, intentando acostumbrarse a la fuerte mezcla arábiga.

–Por supuesto que no –asintió Kavian–. Porque tu rango es superior al de tu madre.

–Eso es absurdo. Mi madre era la esposa del rey.

–Tú eres la hija de un rey, tu madre solo era una de sus esposas.

Amaya dejó la taza sobre el plato, mirándolo con cara de sorpresa.

–A mi madre no le importaba el rango. Si le hubiera importado se habría quedado en Bakri como la esposa del rey. No habría ido dando tumbos por todo el mundo, sin medios económicos.

–¿Sin medios económicos? –repitió él, haciendo una mueca–. Tenía una cuenta en el banco a su disposición. Y te tenía a ti como seguro de vida.

–¿De qué estás hablando?

–Elizaveta vivía de un fideicomiso que tu padre había creado a tu nombre, para ti.

Amaya no podía hablar. O moverse. Se sentía como si estuviera clavada a la silla.

Recordó entonces cuántas veces le había dicho Elizaveta que no debía creerse con derecho a todo, que no debía tener demasiadas expectativas. Recordada cuántas veces la había abochornado delante de otros diciendo que era «digna hija de su padre», como sugiriendo que era egoísta, avariciosa y maleducada. Ella siempre la perdonaba porque sabía que sufría por el desamor de su padre y había pensado que su actitud era debida al miedo de tener que mantenerlas a las dos sin trabajo y sin dinero.

–Te trato como a una adulta porque si no crecerás siendo tan malcriada como los demás miembros de la familia Al Bakri –solía decirle–. La verdad es que no tenemos nada. Dependemos de la caridad de mis amigos.

Se refería a sus muchos amantes, con los que nunca se quedaba durante mucho tiempo porque «No todos los hombres soportan a una mujer con una enfurruñada hija a su cargo». O eso solía decirle.

–No espero que te muestres agradecida, por supuesto. Eso es lo que te ha inculcado tu padre. Pero debes entender lo que podríamos perder si no te portas como es debido –le había dicho una vez, fulminándola con la mirada como si esperase que discutiera, cuando Amaya había aprendido mucho tiempo atrás que discutir no servía de nada. Incluso de niña sabía que era mejor ceder–. Lo perderemos todo. El techo sobre nuestras cabezas, nuestra ropa, nuestras joyas... ¿eso es lo que quieres?

A los once años, eso no era lo que Amaya quería. De hecho, la idea le provocaba pesadillas. Elizaveta nunca había sido una gran madre y la vida con ella siempre había sido complicada, pero pensaba que no hablaba así por crueldad. Su padre le había roto el corazón a Elizaveta y el amor que había sentido por él se había convertido en veneno. Amaya había aprendido a no tomarse sus acusaciones como algo personal, o al menos lo había intentado.

–Estás equivocado –le dijo cuando encontró la voz–. No sé dónde has oído tal cosa.

–De haberse casado con alguno de sus amantes habría tenido que devolverte a tu padre y, de ese modo, hubiera perdido el acceso a tu fideicomiso –Kavian volvió a encogerse de hombros y Amaya tuvo que hacer un esfuerzo para no tirarle un plato a la cara–. Esto no es un ataque, es un hecho. No es un cotilleo, he visto los documentos.

–No es verdad. Mi madre es una mujer hecha a sí misma. No tenía nada cuando se marchó de Ucrania y consiguió trabajo como modelo en las mejores casas de moda de Milán. No tenía nada más que su belleza y su encanto. Así fue como conoció a mi padre y así era cuando lo dejó. Yo era una complicación para ella.

–Tu madre es muy calculadora –insistió Kavian–. Se marchó de Bakri porque había perdido el favor del rey. Era mejor irse y contar una triste historia, teniendo el dinero del fideicomiso como recompensa, que quedarse en Bakri como esposa rechazada. Tu padre la habría enviado a una de las residencias, lejos del palacio, donde se habría ido marchitando en ese irrelevante papel, y ella lo sabía. Y eso, *azizty*, no entraba en los planes de tu madre.

–Eso no entraría en los planes de ninguna mujer –replicó ella–. Además, tú nó sabes nada sobre mi madre. No se trata de ambición, sino de amor.

No debería haber dicho eso en voz alta, pero ya no podía retirar las palabras por mucho que desease hacerlo, de modo que se irguió en la silla, haciendo un esfuerzo por sostenerle la mirada.

–Mi padre era un hombre muy convincente cuando le convenía. Convenció a una mujer que había nacido en la pobreza de que la adoraba y pondría el mundo a sus pies –empezó a decir, notando que su voz sonaba ronca–. No sé si mintió o tal vez lo pensaba cuando lo dijo, pero mi madre lo creyó. Por eso pensaba que podría recuperar su atención cuando la perdió. Estaba dispuesta a hacer cualquier cosa para que la quisiera de nuevo, pero lo que de verdad le gustaba a mi padre era coleccionar. Siempre estaba buscando una nueva adquisición. No perdía el sueño por las cosas, o las personas, que dejaba a un lado.

Kavian se quedó callado durante unos segundos.

–¿Es de eso de lo que tienes miedo? –le preguntó por fin.

No sabía cómo había sostenido su mirada o cómo había conseguido disimular su reacción ante esa terrible, destructiva pregunta. Solo sabía que le devolvió la mirada como si le fuera la vida en ello.

–No te entiendo.

–¿Estás hablando de tu madre, Amaya? –insistió Kavian–. ¿O de ti misma?

–No busques comparaciones que no existen –consiguió decir ella–. Yo no me parezco nada a mi madre.

–Lo sé. Si te parecieses a ella no estarías aquí –replicó él.

–Ya lo sé.

Amaya odiaba que la mirase como si fuera capaz de leerle el pensamiento, como si conociera hasta sus sueños y sus más oscuros secretos. Como si disfrutase coleccionando cada pieza de su alma. Porque una vez que las tuviese todas, ¿qué sería de ella?

–Y por fascinante que sea esta conversación, la verdad es que necesitas un vestuario nuevo. Debes parecer mi reina te guste o no, especialmente durante la boda, que tendrá lugar dentro de unas semanas.

–Yo no quiero una ceremonia.

–No te he preguntado lo que quieres, te he dicho lo que vamos a hacer –replicó él, con una mirada burlona–. ¿Debo demostrarte por qué deberías empezar a aprender a distinguir entre las dos cosas y cuáles son las consecuencias si no lo haces?

Las «consecuencias» de Kavian siempre terminaban del mismo modo, con Amaya desnuda disfrutando de un intenso placer, suplicándole y olvidando hasta su propio nombre.

Pero tomó un sorbo de café, intentando mostrarse serena.

–¿Un nuevo vestuario digno de una reina? –murmuró–. Qué maravilla, estoy deseando.

–Me alegra mucho que pienses así, porque mañana tendrá lugar tu primera aparición pública como reina. Me imagino que los diseñadores habrán traído vestidos ya confeccionados y me alegro de que, al menos, vayas a ir ataviada como es debido.

–Ah, claro, por supuesto –replicó ella, irónica–. Nada me preocupa más que eso.

–Ah, *azizty* –murmuró Kavian, con tono burlón–. ¿Cuándo vas a entenderlo? Yo no soy un hombre que haga las cosas a medias.

Capítulo 8

SI FUESE un buen hombre, pensaba Kavian al día siguiente, no estaría a punto de poner a prueba a su prometida. De hecho, no haría nada. Sencillamente, se quedaría en la cama con ella para siempre, perdiéndose en la dulce locura de su aroma, en la adictiva suavidad de su piel, en la gloria que encontraba entre sus brazos, que lo trastornaba más de lo que le gustaría admitir.

Pero Kavian nunca había sido un buen hombre. Nunca había tenido oportunidad de intentar serlo siquiera. Era el rey de Daar Talaas y, por lo tanto, hacía lo que fuera necesario para su pueblo. Si eso incluía algo bueno, estupendo, pero no iba a perder el sueño si no era así.

Dormiría como un niño en el desierto que lo había forjado. Y también Amaya, estaba seguro. Después de todo, había aceptado la verdad sobre su madre y se atrevía a creer que estaría a la altura en cualquier ocasión.

Por la mañana, se prepararon para dirigirse a los traicioneros territorios del Norte. Estaban en medio del patio de caballerías, rodeados por los hombres de Kavian, con una selección de los mejores caballos árabes de la región.

—¿Montas a caballo? —le había preguntado él.

Amaya iba ataviada como una aristócrata de Daar Talaas, con un exquisito y decoroso vestido que se adecuaba a las costumbres del desierto y la cabeza recatadamente cubierta. Pero eso hacía que todos sus movimientos le pareciesen más embriagadores porque él tenía el placer de saber lo que había debajo. La suave piel, la tentación de su pelo, el dulce sabor a mujer y a crema. Y, llevase lo que llevase, no había forma de esconder esa mirada suya, como chocolate oscuro mezclado con hielo.

–He montado antes, por supuesto. Supongo que sabrás que mi madre y yo pasamos mucho tiempo en un rancho en Argentina.

Lo que él sabía era menos interesante que lo que ella decidiese contarle.

–¿Te caíste alguna vez?

Amaya irguió la espalda, fulminándolo con la mirada.

–¿Quieres saber si me he dado algún golpe en la cabeza?

Kavian tuvo que hacer un esfuerzo para no reírse, aunque fue más difícil de lo que debería. Mucho más difícil.

–Quiero saber si debo esperar que te caigas de la silla de un caballo.

–A propósito no, te lo aseguro –respondió ella. Kavian se dio cuenta entonces de que sus hombres estaban alrededor, escuchando esa conversación con la escandalosa mujer que lo había esquivado durante seis meses y a la que, claramente, aún no había subyugado–. ¿Piensas dejarme tirada en el desierto y decir que me he caído del caballo?

Kavian tuvo que disimular una sonrisa. Cualquier

gesto de dulzura, cualquier grieta en su armadura sería explotada como una debilidad por sus enemigos. Él lo sabía muy bien.

Aunque no podría decir por qué eso le importaba menos de lo que debería.

Había dado la orden entonces y el grupo de hombres se apresuró a montar mientras Amaya lo miraba con expresión seria.

–¿Me haces todas esas preguntas para divertirte?

–Sí –respondió él, burlón–. Soy un rey muy gracioso. Pregúntale a cualquiera.

Y luego, sencillamente, subió a su caballo y la tomó por la cintura para colocarla en la silla delante de él.

Notó que ella tragaba saliva y supo que, si tocase su pulso con la boca, latiría de modo salvaje. Sin embargo, Amaya se agarró al brazo que apretaba su abdomen sin decir nada.

–Valor, *azizty* –murmuró–. Hoy debes demostrar que eres la reina que mi pueblo se merece.

–Pero...

–Te guste o no. Se trata de Daar Talaas, Amaya, no de ti o de mí.

Él pensó que iba a seguir discutiendo, pero no lo hizo. Se quedó callada, de modo que dio la orden y empezaron a cabalgar hacia el desierto.

No fue un viaje fácil, pero Amaya no se quejó y eso lo agradó mucho. No se movió ni distrajo su atención, aparte del hecho de tenerla entre las piernas, con su insolente trasero rozando su miembro.

Era imposible no notar que encajaban perfectamente el uno en el otro.

A media tarde, después de horas galopando sobre las cambiantes arenas, llegaron a un campamento beduino y fueron recibidos por varios hombres de aspecto fiero que los acompañaron durante el resto del camino, hablando en su colorido acento local. El grupo de tiendas alrededor de una hoguera lo hacía parecer un improvisado campamento en lugar de un asentamiento permanente, a pesar de que las cabras y los niños que correteaban alrededor contaban otra historia.

Kavian sabía que todo era premeditado. La verdad estaba en la cualidad de los caballos, en la presencia de tantos camellos, en las robustas telas de las tiendas. Pero Amaya no podía saber eso.

Podría ser cualquier poblado beduino, inalterado durante siglos. Y, en el fondo, siempre anhelaría esa vida sencilla. Sin palacio, sin intrigas políticas, sin alianzas ni grandes enemigos más que el desierto. El calor del sol sobre su cabeza, la inmensidad y el silencio alrededor de la tienda que él llamaba su hogar.

Aunque tampoco esa era la verdad de aquel sitio.

–¿Qué hacemos aquí? –le preguntó Amaya mirando a su alrededor.

Solo había arena por todas partes, un fuerte olor que anunciaba la presencia de ganado, caballos y camellos y gente que los miraba con el ceño fruncido. Allí no había agua, pero el oasis estaba a quince minutos al Norte, fieramente guardado y protegido para uso de aquella tribu. Claro que ella no lo sabía.

Las mujeres estaban reunidas alrededor de una hoguera, haciendo los preparativos para la cena y mirándolos con el ceño fruncido mientras se acercaban. No se molestaron en darles la bienvenida y Kavian se imaginó lo que debía pensar Amaya, pero él sabía lo que ella no podía saber, que su aparente pobreza y hostilidad eran tan falsas como el resto del campamento.

Nada en aquel sitio era lo que parecía y él solía ir allí a menudo para recordarlo.

–He venido hasta aquí para mantener una conversación –respondió a su prometida. Y tampoco eso era cierto del todo.

–¿Para resolver una disputa? Supongo que el rey de Daar Talaas no vendría hasta aquí para hablar del tiempo.

Kavian tiró de las riendas del caballo y el animal se detuvo frente a un grupo de ancianos, que inclinaron la cabeza en un gesto de respeto. Él hizo lo propio y luego saltó de la silla, dejando su mano sobre la pierna de Amaya en un gesto posesivo.

Después de saludar a los hombres la presentó como su prometida y solo cuando el líder del poblado le ofreció la mejor tienda, como era la costumbre, Kavian se volvió hacia ella y la ayudó a bajar del caballo.

–No conozco ese dialecto –dijo Amaya–. Solo he entendido una o dos palabras de cada diez.

–A ver si advino cuáles.

–¿Has aceptado la oferta de una chica para tu uso personal? –le preguntó ella. Y, aunque su tono era aparentemente calmado, en sus ojos había un brillo de furia–. Deben saber que has pasado de tener diecisiete concubinas a una sola y supongo que será una desgracia nacional.

Kavian podría haber calmado sus miedos. Podría haberle dicho que la chica, como tantas otras que le eran ofrecidas en los poblados del desierto, era apenas una niña. Había llevado a muchas al palacio para instalarlas en el harem, pero su intención era darles una vida mejor, no mantener relaciones sexuales. Podría haberle dicho a Amaya que tales chicas formaban casi todo el harem... casi todas, porque él no era un santo. Podría haberle dicho que jamás hubiera aceptado una mujer y que los ancianos lo sabían, de ahí la extravagante efusividad de las ofertas.

Pero no lo hizo.

–Aprueban mi elección de esposa y me han ofrecido un sitio para dormir –dijo en cambio–. No es un palacio, pero tendrá que servir.

Ella parpadeó como si la hubiera insultado. Y tal vez lo había hecho.

–No estoy acostumbrada a palacios, solo era una princesa de nombre –le recordó–. Tal vez deberías preocuparte de cómo vas a soportar tú una noche en un sitio que no tiene tapices ni criadas para atender todas tus necesidades. Yo estoy acostumbrada a dormir en cualquier sitio. Mientras viajaba por Europa solía acampar donde podía, así que no me pasará nada.

Kavian habría querido abrazarla, habría querido apoderarse de esa boca suya y le daba igual que fuese inapropiado o que hubiera gente mirando porque no tenía nada que demostrar. Habría querido perderse a sí mismo en ella para siempre, pero no podía hacerlo.

Aún no.

–Tampoco para mí es un problema, *azizty* –le aseguró con voz ronca–. Crecí aquí.

Y luego se alejó, dejando a Amaya sola en medio de ninguna parte, como si no acabase de lanzar una bomba. No volvió la mirada mientras desaparecía en una tienda con un grupo de hombres.

Por un momento, a Amaya se le aceleró el pulso y pensó en huir de nuevo, pero entonces recordó dónde estaba. No había nada alrededor, solo arena. Nada más que arena en todas direcciones, aunque no le parecía tan odioso como había esperado. Pero eso no significaba que quisiera perderse en el desierto en medio de la noche.

No sabía cómo había localizado Kavian aquel sitio sin un mapa o una brújula y tampoco sabía qué había querido decir. ¿Había crecido allí? ¿Tan lejos del palacio? Sus hermanos habían sido criados como hijos de un rey, atendidos por ejércitos de sirvientes, educados por los mejores tutores llevados allí desde todos los países del mundo.

Se le ocurrió entonces que Kavian era un enigma, que no sabía nada sobre el hombre que la había reclamado como esposa, aunque él parecía conocerla perfectamente. Y mejor cada día, le gustase a ella o no.

«Sí te gusta», le dijo su vocecita interior. «Te gusta que se dé cuenta de todo. Te gusta que te vea».

Pero no debería pensar eso.

Kavian se había alejado con esos hombres, como si fuera un rey más comprometido con su gente que su padre o su hermano, pensó mirando a las mujeres que se hallaban frente a la hoguera. Y tal vez ella debería ser el mismo tipo de reina. Nada de tumbarse bajo las palmeras para descansar, nada de estricto protocolo real, nada de desaparecer en una tienda y dejarse caer en un diván. Todas esas opciones eran atractivas, y eso era lo que hubiera hecho su madre, pero ninguna de ellas le ganaría admiradores allí.

«Tú sales corriendo», se recordó a sí misma. «Esa eres tú, ¿por qué no hacerlo aquí? ¿Por qué no te escondes?».

Seguramente eso era lo que Kavian esperaba de ella porque de verdad creía que era una delicada princesa, incapaz de lidiar con las realidades de la vida. Y eso era tan irritante que Amaya se acercó al grupo de mujeres y decidió ponerse manos a la obra.

Cuando por fin Kavian volvió al centro del campamento, con los mismos hombres con los que había desaparecido en la tienda, la cena estaba lista para él, como invitado de honor, y Amaya se sintió orgullosa. No era la clase de festín que servirían en el palacio, pero ella había ayudado a hacerla con sus propias manos. Había un cordero asado especialmente para el rey, unos panes aplastados que las mujeres habían cocido en unas sartenes planas directamente sobre los carbones encendidos, arroz aromático con verduras, dátiles y quesos envueltos en paños blancos. Era una cena humilde, servida en bandejas de barro, pero Amaya pensó que ese era precisamente su atractivo.

Los hombres se sentaron a comer mientras las mujeres esperaban a cierta distancia, como era la costumbre allí. Y solo cuando los ancianos empezaron a tomar café el poblado empezó a relajarse. Porque, según una de las mujeres con las que había charlado mientras hacían la cena, en árabe y en lenguaje de signos, eso significaba que el rey había resuelto la disputa.

Amaya comió con las mujeres en agradable camaradería. No hacía falta entender cada palabra que pronunciaban. No hacía falta un lenguaje común para crear una dinámica de grupo.

Amaya sabía que una anciana de ojos sabios, a quien las demás trataban con cierta deferencia, la observaba más de cerca que las demás y cuando consiguió hacerla sonreír le pareció un triunfo personal. No sabía por qué, y tampoco sabía por qué se había reído más con esas mujeres que acababa de conocer que en muchos años.

Las estrellas que brillaban en el cielo parecían estar al alcance de su mano. Le recordaban los inviernos en Nueva Zelanda, aunque allí la luz de la casa aliviaba la negrura del cielo. En cambio, en el desierto no había ninguna luz salvo la de la hoguera. Nada más que la inmensidad del cielo, que oprimía su corazón hasta que le dolía como si estuviera roto en pedazos.

–Lo has hecho muy bien –le dijo Kavian cuando por fin tiró de su mano para ayudarla a levantarse, haciendo que las otras mujeres se rieran y suspirasen de una forma que no hacía falta traducir.

–Creen que eres muy romántico –murmuró Amaya. Se sentía absurdamente tímida, como si también ella lo pensara. O peor, como si sintiera cierta añoranza.

–Saben que estamos prometidos y no podemos apartarnos el uno del otro.

–Es lo mismo –Amaya levantó la cabeza para mirar sus ojos en la oscuridad–. En cualquier caso, nadie espera que dure.

Pensó que Kavian iba a decir algo, pero no lo hizo, y le pareció un desaire. Tuvo que contener un escalofrío mientras la alejaba del grupo, de la hoguera, de las risas de las mujeres, y sintió una punzada de dolor, como si hubiese perdido algo que no podría recuperar nunca.

Amaya intentó llevar oxígeno a sus pulmones. Se dijo a sí misma que era la noche en el desierto, nada más. La noche hacía que todo pareciese más conmovedor.

Había faroles guiando el camino a través de las tiendas y el imponente cuerpo de Kavian protegiéndola contra la impenetrable oscuridad, pero eso no calmaba la angustia que sentía. Al contrario, la intensificaba.

–Me han dicho que has impresionado a las mujeres

y eso no es fácil –dijo él mientras le hacía un gesto para que entrase en una de las tiendas.

Amaya se puso tan nerviosa como en los baños, aquel primer día en Daar Talaas, cuando vio la cama cubierta de almohadones y unos farolillos que le daban a todo un aire... romántico. Y se quedó asombrada por cuánto desearía que lo fuese de verdad.

–¿Pensabas que me escondería en una tienda?

–Había pensado que era una posibilidad. Recuerdo que una vez te escondiste en un armario.

–Uno de los beneficios de haber viajado tanto siguiendo la estela de mi madre es que se me da bien tratar con desconocidos –replicó Amaya, sorprendida por las tumultuosas sensaciones que experimentaba–. Era eso o no hablar con nadie durante meses.

–Me agrada que seas afable, pero has ayudado a hacer la cena para todo el campamento –dijo Kavian, clavando en ella su mirada–. No es lo mismo.

–Dijiste que debía actuar como tu reina.

–Es cierto, y que me hayas obedecido es una novedad. ¿Una reina suele atender el fuego o sentarse sobre la arena?

–Esta reina sí lo hace –respondió Amaya. No sabía por qué estaba temblando y no la ayudó nada verlo sonreír.

–Yo soy un guerrero y necesito una reina capaz de ensuciarse las manos. Alguien a quien no le preocupe el protocolo del palacio cuando no está en el palacio –dijo Kavian entonces, acercándose–. Me complaces, mi reina, me complaces mucho.

–Yo no soy tu reina –protestó ella.

–Ahora te estás contradiciendo.

–Creo que estás confundido porque he cocinado como una persona normal.

Los ojos de Kavian parecían de plata bruñida a la suave luz de los farolillos y Amaya no podía decirle que había querido desafiar sus pobres expectativas porque quería que se sintiese orgulloso de ella.

Allí, aquel día, había querido ser su reina, pero no podía decirle eso. No podía admitir algo que apenas era capaz de admitir ante sí misma.

–¿No eres una persona normal?

Amaya tragó saliva.

–Las cosas aquí son distintas que en el palacio.

–¿Por qué? Un palacio solo es un edificio de piedra –dijo Kavian.

–Es algo más que eso.

–Sí, tienes razón. Es un monumento a las esperanzas de mi gente, a su deseo de unidad y fortaleza contra los enemigos.

–Pero antes has dicho que creciste aquí.

Kavian se adentró en la tienda y Amaya lo vio quitarse el tradicional turbante y la túnica, para quedar solo con los calzoncillos. Debería parecer un hombre normal, pensó con cierta desesperación. Estaba en ropa interior en una tienda en medio de ninguna parte. Eso debería... reducirlo de algún modo.

Pero se trataba de Kavian que, a la luz de los faroles, parecía más un dios que un hombre de carne y hueso. Era como si estuviese hecho del más fino mármol al que hubieran insuflado vida y su piel brillaba como el oro mientras se acercaba a ella.

Le quitó el pañuelo de la cabeza como si estuviera desenvolviendo un precioso regalo, lentamente, con reverencia. Luego pasó los dedos por su pelo, dejándolo caer sobre sus hombros, y la ayudó a quitarse el vestido. Cuando vio la enagua que llevaba, una prenda básica y nada atractiva en su opinión, la mirada de Kavian se iluminó mientras seguía acariciando su pelo.

Era casi como si eso lo tranquilizase.

–Mi tío era el rey de Daar Talaas cuando yo nací –empezó a decir Kavian en voz baja–. Era un buen gobernante y la gente lo quería, pero a pesar de las esposas que tomó, y de sus muchas concubinas, no tuvo ningún hijo varón. Así que, cuando murió, el trono pasó a su hermano menor, mi padre.

Seguía mirando su pelo, acariciando cada mechón entre los dedos antes de soltarlo. Y Amaya no era capaz ni de respirar.

–Mi padre era un hombre joven con dos esposas, una famosa por su fertilidad, la otra por su belleza –siguió Kavian, con expresión torturada–. Su primera mujer le había dado cuatro hijos, mis hermanastros. La gente estaba contenta porque de ese modo el trono seguiría en manos de la misma familia y eso significaba estabilidad.

–¿Y tú? –le preguntó Amaya–. ¿Tú también estabas contento?

La mirada de Kavian se ensombreció.

–Mi madre era una mujer muy bella, pero también muy traicionera –respondió, como si estuviera hablando de un antiguo mito, una leyenda, no de la historia de su familia, su historia–. Para mi padre era más atractiva en la cama que su primera esposa, pero mis hermanastros habían nacido antes que yo, de modo que ellos eran los herederos. La primera esposa de mi padre era una mujer sencilla, sin belleza ni inteligencia, pero eso daba igual. Era la reina de Daar Talaas y todos la querían. Mi madre era la segunda esposa y yo su único hijo, el quinto en la línea de sucesión al trono.

Amaya sabía que Kavian no tenía familia, todo el

mundo sabía eso, pero se le encogió el corazón porque aquella historia parecía a punto de terminar de un modo horrible.

Sin pensar, alargó una mano para ponerla sobre su corazón y se quedó sin aliento cuando él la apretó, sujetándola allí.

–No tienes que contármelo –le dijo en un susurro–. No quería despertar recuerdos tristes.

–Mi madre tuvo un amante –siguió Kavian–. Era uno de los ministros de mi padre, un hombre ambicioso y libertino. Pero no se conformó con traicionar a mi padre, también quería el trono.

–¿Cómo iba a arrebatárselo? ¿Estaba emparentado con vosotros?

–El trono de Daar Talaas es del hombre capaz de reclamarlo –respondió él–. Así está escrito en las antiguas piedras del propio trono, así ha sido siempre.

Amaya tuvo que apretar la mano contra su torso para comprobar que era de carne y hueso, no una estatua de piedra. Que era algo más que la oscuridad que emanaba de él, de sus ojos y su voz.

–No sé qué significa eso.

–Significa que las familias se aferran al trono durante generaciones para consolidar su poder, pero no pertenece a una familia en particular. Mi madre no era tonta. Sabía que no podía reclamar el poder por la fuerza, ya que el ejército de Daar Talaas sirve al trono, no al hombre que se sienta en él.

Nunca le había parecido más distante que en ese momento. Sombrío e inflexible.

Kavian dio un paso atrás y Amaya dejó caer la mano a un costado, pensando que nunca se había sentido más... sola.

Pero él continuó su relato:

—El traidor degolló a mi padre mientras cenaban, en la misma mesa, un sitio donde solo debe haber paz incluso entre enemigos. Luego mató a mis hermanos, uno por uno. Después a la primera esposa de mi padre y a mi madre. Porque incluso su amante aborrecía que hubiera sido tan desleal como para traicionar a su propio marido, su propio rey.

—¿Y por qué a ti no? —le preguntó Amaya, con una voz que apenas reconocía.

Kavian hizo una mueca.

—No era su intención dejarme vivir. Mi madre tenía una doncella que sabía de su amante y de los planes que habían hecho. Cuando empezó a escuchar gritos, me envolvió en una manta y salió corriendo del palacio. Desde ese día, me reclamó como hijo suyo.

Amaya supo inmediatamente a quién se refería.

—La anciana de los ojos sabios. Todas las mujeres estaban pendientes de ella.

—Es la esposa del jefe del poblado —asintió Kavian. El brillo de sus ojos le decía que estaba impresionado y eso la emocionó—. Corrió un riesgo terrible para traerme aquí, soltera y con un niño. No podía demostrar que yo fuese el hijo perdido del rey y los ancianos podrían no haberla creído. Arriesgó no solo su vida, sino el honor de su familia para salvarme.

—Pero la creyeron.

—La creyeron, sí, y me trataron como si fuera un miembro de la tribu. Pero la sangre engendra sangre, Amaya. Me criaron para vengar a mi familia porque era mi derecho y mi responsabilidad.

Ella pensó en el niño que lo había perdido todo, viviendo en aquel sitio tan desolado. Le dolía el corazón por él. Había sido un niño perdido y eso lo había hecho de piedra. Y Kavian pensaba que era una virtud.

–Lo siento –susurró–. Me parece una carga terrible para un niño.

–No me entiendes –dijo él entonces–. No te estoy contando esta historia porque lamente lo que me pasó. ¿Qué voy a lamentar? Tuve mucha suerte.

–Y ahora eres el rey de Daar Talaas.

–Así es.

–Eso significa... –Amaya estudió su expresión, pero de verdad parecía de mármol–. ¿La sangre engendra sangre?

–Significa que me hice mayor –respondió Kavian con una ferocidad que le aceleró el corazón. Era como si su historia estuviese cambiando algo dentro de ella–. Significa que he dedicado mi vida a convertirme en un arma para conseguir mi objetivo. Significa que me vengué en cuanto tuve oportunidad. Y debes saber algo, Amaya, aunque sea lo único que sepas sobre mí: mi único pesar es que el hombre que asesinó a mi familia solo pudo morir una vez.

Capítulo 9

ERA UNA prueba, se recordó Kavian con dureza. La prueba más importante.

Todo aquello había sido una prueba; el largo viaje hasta la zona más remota del desierto de Daar Talaas, dejarla sola para ver lo que hacía bajo la vigilancia de la mujer a la que siempre había considerado su madre. Y contarle la sangrienta verdad sobre su familia y sus propios actos para ver cómo reaccionaba.

Quería ver de qué estaba hecha, quién era en realidad cuando no tenía dónde esconderse. Necesitaba saber si de verdad era la mujer que podía encarnar todo lo que él necesitaba porque la reacción de Amaya determinaría su futuro.

Se decía a sí mismo que le daba igual, que su corazón era tan de piedra como su expresión. Algunos habían encontrado imperdonable su búsqueda de venganza y aquello no era más que una prueba para ver de qué lado estaba Amaya, para saber qué clase de matrimonio sería el suyo.

En cualquier caso, ella había demostrado ser una digna reina, una mujer como su madre adoptiva, más valiente que la mayoría de los hombres. Sería su reina o, sencillamente, sería una esposa que, tarde o temprano, le daría un heredero.

«Poco importa lo que pase», se dijo a sí mismo.

Pero descubrió que, mientras esperaba la sentencia, su corazón latía acelerado.

El cálido brillo de los faroles le daba un aspecto dorado, con su preciosa melena oscura y sus perfectos pechos visibles bajo la enagua de seda. Su belleza casi le parecía un ataque, un asalto que destruía sus defensas como una patada en las rodillas.

Pero no tenía intención de demostrarlo.

–Evidentemente, esperas que me lleve una mano al corazón y me desmaye –dijo ella por fin.

–Acércate a la cama –le aconsejó él–. La alfombra no es tan mullida como parece.

–¿Lo torturaste? –le preguntó Amaya entonces.

–No –respondió él–. Él era el carnicero, yo solo quería recuperar lo que se había llevado. Si no mi familia, al menos el trono.

–¿Y eso te cambió?

Kavian tragó saliva, intentando aliviar esa opresión que tenía en el pecho que parecía encadenar su corazón.

Que parecía encadenarlo a él.

–No –respondió, cuando la opresión se volvió un poco más soportable–. El cambio al que te refieres ocurrió mucho antes, cuando acepté convertirme en lo que más odiaba para hacer lo que debía hacer. No lamento haber vengado a mi familia, sino haber tenido que convertirme en un asesino como él para honrarlos.

–Tú no eres como él –protestó Amaya con tono fiero–. Nunca podrías ser como él. Ese hombre mató a niños por razones egoístas, lo único que tú hiciste fue matar a un monstruo.

Kavian no sabía hasta ese momento cuánto necesitaba escuchar eso. Cuánto necesitaba la prueba de que ella era quien había creído que era desde el principio.

No quería analizarlo, no quería pensar en lo que eso implicaba. Al demonio con todo.

Amaya lo miraba como si fuera un héroe y no un monstruo. Lo miraba como si...

Pero no podía ir tan lejos, no podía arriesgarse.

–Ven aquí –le ordenó, disimulando una sonrisa cuando ella obedeció sin protestar–. Bésame –dijo luego, cruzando los brazos sobre el pecho.

Amaya se acercó, con la luz de los farolillos clareando la enagua de seda. Sin decir nada, colocó una mano sobre su antebrazo y se puso de puntillas para tocar su cara como si quisiera consolarlo. Y Kavian sintió el extraño deseo de apoyar la cara en esa mano, como si necesitara consuelo.

–¿Eso significa que he pasado la prueba? –le preguntó Amaya, con un brillo alegre en sus ojos de color chocolate–. ¿O debo saltar más obstáculos esta noche?

Él esbozó una sonrisa de triunfo y de deseo, sintiendo una opresión en el pecho que le aceleraba el ritmo del corazón. No quería ponerle nombre a esa sensación, se negaba a hacerlo.

–Significa que quiero que me beses –respondió, como si el deseo que sentía por ella no fuese más profundo y voraz que ningún otro sentimiento. Como si pudiera estar allí toda la noche, ignorándolo–. Creo que he sido bastante claro.

–¿Un beso es mi única recompensa por horas y horas montando a caballo y por mi dura labor como cocinera?

Estaba tomándole el pelo y lo sabía. Como sabía que lo hacía para recuperar algo de control sobre su vida. O tal vez estaba empezando a controlar la suya, pensó Kavian, sintiendo que le costaba respirar.

–Amaya...

–Eso no me parece equiparable al esfuerzo que he hecho para complacerte. ¿No deberías ser tú quien me complaciese a mí para variar?

–Bésame –insistió él con voz ronca– y descubrirás lo complaciente que puedo ser, *azizty*.

Amaya le pasó un brazo por el cuello y se quedó inmóvil un momento, con la boca a un milímetro de la suya y su oscura mirada solemne. Él recordó entonces su primer encuentro. Tenía ese mismo brillo en los ojos cuando se encontraron con los suyos la primera vez. Recordó las promesas que le había hecho entonces y recordó la mañana siguiente, cuando su hermano había ido a decirle que Amaya había escapado del palacio y estaba en paradero desconocido.

–Si incumples otra promesa no seré tan indulgente –le advirtió, con una voz que no reconocía.

Pero ella esbozó una sonrisa.

–¿Esta es tu versión de ser indulgente? Entenderás que me parezca desconcertante.

–Eres la única persona a la que he perdonado sin más.

Era una confesión brusca e inesperada. Y no debería haberla hecho, pero no quería ver horror en esos preciosos ojos cuando le contó su historia. Lo emocionaba que hubiese querido defenderlo.

No podía entender por qué le importaba tanto, pero así era.

Había sido así desde el principio. Amaya lo hacía creer que podría haber un final diferente al que él se merecía.

–Me siento honrada –dijo en voz baja, como una promesa, un voto solemne. Y luego lo besó.

Era un beso tan dulce como invitador y Kavian dejó que explorase su boca, que lo besara una y otra vez hasta que notó que contenía el aliento.

Y entonces, cuando no pudo soportarlo más, hundió las manos en su pelo, tiró de ella y recuperó el control de la situación.

Si la tienda se hubiera incendiado en ese momento ninguno de los dos se habría dado cuenta.

Sencillamente, la apretó contra su torso mientras ella envolvía las piernas en su cintura. No podía dejar de besarla, como si le fuera la vida en ello, como si pudiera besarla para siempre. Como si el tiempo se hubiera detenido precisamente para eso.

Y luego, cuando oyó sus gemidos, más preciosos para el que el tesoro y los museos de Daar Talaas, la llevó a la cama y la tumbó sobre una suave nube de lino.

Se colocó sobre ella y tomó su boca de nuevo para besarla porque no se cansaba. No parecía capaz de saciar su ansia mientras Amaya movía las manos por su cuerpo como si estuviese intentando memorizar cada detalle con las puntas de los dedos.

Kavian metió una mano entre sus piernas para comprobar si estaba lista y, cuando descubrió que así era, apartó a un lado la enagua e introdujo los dedos en su ardiente y jugosa cueva.

Cuando gritó su nombre, Kavian lo atesoró como otra promesa, más brillante que la luz de los faroles que iluminaban la tienda, y el momento quedó grabado en la piedra de su corazón.

Sentía una desesperación que no había sentido nunca. Necesitaba estar dentro de ella o se moriría y vio que le temblaban las manos mientras le quitaba la enagua y las bragas de encaje. Impaciente como nunca, apenas tuvo tiempo de librarse de sus calzoncillos.

Nada importaba más que estar dentro de ella, tan

profundamente hundido que parecían uno solo. Pero ni siquiera eso era suficiente.

«Nunca será suficiente», le dijo su vocecita interior.

Y en ese momento le daba igual.

La envolvió en sus brazos mientras la penetraba lentamente y mantuvo el ritmo cuando ella empezó a levantar las caderas, intentando revolverse, empujarlo para que fuese más deprisa.

Kavian se rio con un oscuro júbilo que parecía salir de su propio corazón mientras Amaya clavaba los dedos en su espalda, pero mantenía el ritmo lento, hundiéndose en ella para luego retirarse despacio una y otra vez hasta que Amaya pareció frenética.

–Por favor –empezó a decir–. Por favor, Kavian, por favor.

Cuando echó la cabeza hacia atrás, Kavian pensó que nunca había visto nada tan bello en toda su vida. La embistió entonces sin guardarse nada, como una promesa, como un solemne voto, como una plegaria.

Y, cuando Amaya volvió a estallar en llamas, ardientes e interminables, lo llevó con ella.

El viaje de vuelta por el ardiente desierto fue diferente.

Todo era diferente, pensaba Amaya.

De nuevo, iba sentada entre las piernas de Kavian, con su calor y su fuerza envolviéndola, mientras el elegante semental árabe galopaba hacia el Sur.

No podía entender sus sentimientos. Era como si ya no se conociese a sí misma.

El desierto se extendía ante ellos y a su alrededor, deslumbrante y traicionero. Amaya siempre había odiado el desierto, el sofocante calor, la aridez y falta de vida. La inmensidad, el vacío...

Sin embargo, eso no era todo lo que sentía aquel día. Quería que el desierto no terminase nunca, vasto y desconocido, tan inmenso como el mar.

Tal vez no quería que terminase el viaje y no entendía por qué. Era como si lo que había pasado entre ellos hubiese alterado su mundo.

Tenía algo que ver con cómo Kavian la había despertado esa mañana, tomándola en sus brazos para llevarla a una bañera que no había visto por la noche, medio escondida tras un biombo al otro lado de la tienda.

–Compórtate –le había ordenado él cuando intentó moverse–. Debes poner tus músculos en remojo o el viaje de vuelta será una agonía.

Y Amaya había intentado comportarse, de verdad. Pero Kavian estaba tan excitado y duro tras ella, con sus fuertes bíceps a cada lado de la bañera... Era como de acero, pensó. Solo había cambiado una vez de postura, y luego otra sin darse cuenta. Y una vez más para comprobar si era de carne y hueso, antes de que él dejase escapar un sonido que era algo entre una risa y un exabrupto. Las dos cosas quizá.

Kavian, por fin, la levantó por la cintura y se hundió en ella antes de volver a colocarla en la postura original, con Amaya tumbada sobre su torso. Su miembro era tan grande, tan rígido, que casi llegó al orgasmo sin moverse.

Y luego no hizo nada.

–¿Así está mejor? –le había preguntado él después de un momento. Y era tan exquisito tenerlo dentro de ella y sentir su voz retumbando sobre su espina dorsal–. Pienso quedarme aquí, en remojo, durante un rato. Si tú quieres hacer algo más, tendrás que hacerlo sola.

Pero mientras hablaba acariciaba sus pechos, enviando una descarga eléctrica por todo su cuerpo. Y, cuando pasó los pulgares sobre sus duros pezones, Amaya echó la cabeza hacia atrás para apoyarla en su hombro.

–Pensé que te gustaba estar al mando todo el tiempo, que insistías en ello. Pensé que ese era el derecho de los reyes.

–Creo que puedo soportar un baño –le aseguró él, con un tono tan excitantemente ronco y masculino que Amaya, sin darse cuenta, apretó las piernas–. Haz lo que quieras y pondremos a prueba esa teoría.

Y Amaya no esperó ni un segundo.

Sus movimientos estaban limitados en la bañera, pero tal vez esa era la cuestión, el delicioso reto, de modo que empezó a mover las caderas en círculos hasta que la fricción hizo que los dos jadeasen de placer.

Las perversas manos de Kavian se movían entre sus pechos y el centro de su deseo, echando gasolina al fuego hasta que Amaya no sabía quién estaba al mando y quién se limitaba a disfrutar. O si tal cosa importaba.

Hasta que todo dejó de importarle.

Lo montó sin tregua hasta un lento, ardiente y devastador final que la había dejado deshecha. Y se alegraba de que no estuvieran mirándose porque estaba segura de que Kavian habría visto la verdad. Porque temía que esa vulnerabilidad estuviera escrita en su rostro.

Cuando llegó el momento de subir al caballo y volver al palacio se sintió agradecida porque de ese modo tendría muchas horas para recomponerse antes de que nadie pudiera ver que estaba deshaciéndose. Antes de tener que admitir, incluso ante sí misma, lo entregada que estaba. O peor aún, cuánto le gustaba que fuera así. Horas para esconderse de nuevo tras una máscara que no había sabido que llevaba hasta que Kavian se la quitó.

–Nunca he entendido el atractivo del desierto –le dijo, cuando los establos reales aparecieron ante ellos.

¿Se sentía aliviada porque aquel viaje, aquel extraño interludio, estaba a punto de terminar o era algo más complicado?

–¿Nunca? –repitió él–. Pero eres la hija de un poderoso rey del desierto. Lo llevas en la sangre, te guste o no.

–Nunca me ha gustado mucho la arena –respondió Amaya.

–¿Es ahora cuando vas a intentar levantar tus barreras otra vez, *azizty*? –murmuró Kavian, su voz era como una oscura llama que la encendía por dentro–. ¿De cuántas maneras debo tomarte antes de que entiendas que no habrá barreras entre nosotros? No habrá nada más que una rendición total y será mejor que lo aceptes cuanto antes.

–O tal vez sencillamente es que no me gusta la arena –insistió ella, riéndose–. No todo es una conspiración, Kavian. Algunas cosas son simples afirmaciones, simples comentarios.

–Y algunos comentarios tienen consecuencias... como te he demostrado muchas veces.

–Pensé que esto era un gran espectáculo. Me llevas a los baños del harem, luego a hacer el papel de reina con las tribus del desierto sin previo aviso. Es casi como si no quisieras una reina, sino un juguete.

–No dar explicaciones es un privilegio de la realeza –dijo él, burlón–. Tendrás que consultar el manual cuando lleguemos al palacio.

Amaya sintió el retumbar de su risa como un pequeño triunfo. Aquel hombre duro como el acero que le había contado lo peor de sí mismo, el hombre que se reía con ella, era suyo. Había muchos puntos oscuros en esa relación, pero decidió pasarlos por alto y disfrutar de aquello. Porque había transformado a un rey hecho de piedra en un hombre de carne y hueso, aunque solo fuese por un momento.

Aunque solo fuese para ella.

Cuando llegaron al patio de caballerías, Kavian saltó del caballo y la levantó de la silla como había hecho el día anterior, haciéndole desear que estuvieran solos para poder disfrutar de ese poderoso cuerpo masculino. Como la adicta que era.

—Nos casaremos dentro de dos semanas —anunció entonces, con la inmensidad del desierto en su voz y en el brillo plateado de sus ojos. Y ella lo sintió como una caricia. La orden, su indiscutible autoridad, todo era como un largo y embriagador beso que la hacía sentirse viva.

—Si no lo dijeras como una amenaza tal vez recibirías una respuesta afirmativa —respondió ella, inclinando a un lado la cabeza para mirarlo.

—Creo que tú prefieres el tono de amenaza —dijo él, pasándole un dedo por la barbilla—. Y sé que siempre estarás a la altura. Serás una reina excelente, *azizty*.

Por una vez, Amaya no discutió. Se limitó a sonreír y, cuando Kavian le devolvió la sonrisa, la sintió dentro de ella como una melodía que pensaba tararear para sus adentros durante un rato.

Solo un rato más.

Capítulo 10

CUANDO llegó la semana de la boda, Kavian insistió en recibir a los invitados del modo más oficial posible. Y le daba igual que la idea de tal pompa y circunstancia molestase a Amaya.

—No vamos a sentarnos en los tronos con un cetro en la mano, ¿verdad? —le preguntó ella desde el otro lado del vestidor, con un tono tan hosco como su mirada.

Pero el ceño fruncido no le restaba un ápice de belleza. Se había sujetado el pelo sobre la cabeza con esas trenzas que tanto le gustaban y tenía un aspecto exquisito, espléndido. Era la reina perfecta.

Pero la conocía lo suficiente como para saber que no debía decirlo en voz alta. Amaya había hecho su papel en el desierto, pero no era tan tonto como para pensar que lo había aceptado del todo. Necesitaba casarse con ella, atarla a él legalmente, asegurarse de que entendía lo que él había sabido desde el día de su compromiso, que aquello era para siempre. No había forma de escapar para ninguno de los dos.

—Solo hay un trono —le dijo desde la puerta, mientras las doncellas alisaban la falda de su vestido—. Yo me siento en él, pero si tú quieres llevar un cetro estoy seguro de que pueden hacerte uno.

—No digas tonterías —replicó ella. Pero enseguida se dio cuenta de que esa no era forma de dirigirse al rey en presencia de las doncellas y les hizo un gesto para que los dejasen solos–. No necesito un cetro. No tengo el menor deseo de jugar a ser la reina del castillo –le dijo cuando se quedaron solos.

–Ese es el problema, *azizty*. Nadie está jugando, salvo tú. Porque tú eres, de hecho, la reina no solo en este palacio en particular, sino en todo el país.

Amaya frunció el ceño y Kavian dedicó un segundo más a admirarla, a disfrutar de su belleza. No era solo que fuera preciosa, o que pareciese una reina aquel día, sino lo perfectamente que encajaba allí, en su vida, en sus brazos. A su lado.

¿De verdad no se daba cuenta o era su forma de rebelarse? Kavian puso una mano en su brazo, disfrutando al ver que tragaba saliva. Porque podía negar mil cosas, pero nunca ese fuego que se propagaba entre ellos. Eso nunca.

–Y si me miras así en el salón del trono, en público, en presencia de los invitados, lo lamentarás. Soy civilizado cuando me conviene serlo, pero eso puede cambiar en un instante.

Era tan bella que sintió la tentación de olvidarse de los invitados y, sencillamente, empujarla contra la pared...

–Dices eso como si yo lo lamentase –murmuró Amaya. Y Kavian supo que estaba bromeando–. Aunque sea una amenaza.

–Yo no amenazo, Amaya. Hago promesas.

–¿Y no debería preocuparte que una cosa sea idéntica a la otra?

Él pasó un dedo por su brazo, disfrutando tanto de la caricia como de ver que ella entreabría los labios sin poder evitarlo. Era suya, pensó entonces. Suya en todos los sentidos. Amaya no tenía forma de negarlo, y su boda pondría fin a aquello de una vez por todas.

Pero aún no estaban casados y sospechaba que esos días podrían ser los más difíciles, como un largo asedio en sus últimas horas, y sería mejor concentrarse en los detalles, pensó, recordando en ese momento la razón por la que había ido al vestidor.

–Tu madre ha llegado al aeropuerto de Ras Kalaat y está en camino –le dijo, observando su expresión.

Amaya dio un respingo tan ligero que si no hubiera estado observándola podría habérselo perdido. Tragó saliva de nuevo y notó que el pulso de su cuello se aceleraba. ¿Miedo, pánico? No estaba seguro.

Y odiaba no saberlo.

–¿Ahora mismo? –preguntó Amaya.

–Llegará al palacio en menos de una hora –Kavian soltó su brazo y se dirigió a la puerta–. ¿No la esperabas? Te has puesto pálida.

–Esperaba que viniese a nuestra boda, sí –respondió ella en voz baja–. Después de todo, soy su única hija.

Luego miró a su alrededor, como si estuviera buscando una forma de escapar, y Kavian pensó que había visto esa expresión otra vez, que había oído ese mismo tono en su voz. Había sido la noche de su compromiso.

Y por la mañana había desaparecido.

–Lo que no esperabas es que esta boda tuviese lugar, pero algún día, Amaya, espero que entiendas que yo siempre cumplo mis promesas. Siempre.

Ella dio un paso atrás y para él fue como una bofetada. Tuvo que hacer un esfuerzo para no tomarla entre sus brazos, donde debería estar, cuando la vio contener el aliento como preparándose para una batalla.

–Debería importarte que esto no sea lo que yo quiero.

Era risible y, sin embargo, Kavian no tenía ganas de reírse.

–Tú no sabes lo que quieres.

–Eso es demasiado paternalista, incluso para alguien como tú.

Él se encogió de hombros.

–Saliste huyendo y yo te encontré. Siempre te encontraré.

–Debería importarte que yo no quisiera ser encontrada –replicó Amaya.

–Si ese fuera el caso, no habrías vuelto a Canadá y, desde luego, no habrías ido a Mont-Tremblant.

Ella apartó la mirada.

–No sé a qué te refieres.

–Y, por supuesto, podrías haberte negado a venir. Podrías haberme demostrado lo opuesta que estabas a nuestra unión.

–He luchado contra ti desde el principio.

–Sí, es verdad –asintió él, burlón–. Es una buena forma de describir cómo te derretiste entre mis brazos durante la ceremonia del compromiso. O luego, cuando te metiste en la piscina medio desnuda. ¿Qué tácticas de lucha son esas exactamente? ¿Y para qué sirven?

Amaya no parecía capaz de mirarlo, pero él podía ver que sus palabras la hacían temblar.

–Buscas mis caricias y respondes a ellas –siguió con tono implacable. Porque era una afirmación, un hecho indiscutible–. Y no estás aquí encerrada bajo llave. Estuviste libre en el desierto, podrías haber intentado huir, pero no lo hiciste.

–Tú me habrías encontrado.

–Eso es inevitable, desde luego. La cuestión es cuándo te hubiera encontrado. Después de todo, tardé seis meses en encontrarte la primera vez. Y, sin embargo, no has vuelto a intentarlo siquiera.

–¿Quieres que intente escapar, Kavian? –Amaya se volvió para mirarlo–. Pensé que lo que querías era una obediente esposa que estuviese a tus órdenes día y noche.

Él se quedó inmóvil.

–Es la primera vez que me llamas por mi nombre cuando no estoy acariciándote. ¿Quién sabe? Puede que algún día te dirijas a mí como si fuera tu marido.

–¿Para qué? –le preguntó ella, con una voz que apenas reconocía–. No somos más que una estrategia el uno para el otro. Me imagino que ese es el fin de un matrimonio de conveniencia.

–No tenías que demostrarles nada a los beduinos del desierto.

–Era lo más sensato por mi parte, nada más.

–Podrías haberte quejado a tu hermano y provocar un incidente diplomático.

–Mi hermano está recién casado y tiene un hijo pequeño –Amaya levantó la barbilla en un gesto desafiante. Nunca se rendía del todo y Kavian la admiraba por ello, por esa vena tan indomable como el desierto que tanto amaba–. Además, tiene que gobernar un país, así que me imagino que está bastante ocupado.

–Podrías haberme dicho que era un monstruo cuando te conté la verdad sobre mi vida –dijo Kavian entonces–. Otros lo han hecho antes que tú. ¿Eso también era una estrategia?

–No quiero hablar de eso...

–¿De verdad sabes lo que quieres, Amaya? ¿O es que temes lo que ya sabes?

–Nada de eso significa que quiera casarme contigo.

–Puede que no –asintió él–. Pero sugiere que hay muchas posibilidades de que te cases conmigo de todas formas.

–En realidad, no tenemos una relación. Si hay amenazas no puede haber una relación.

–Pensaré en ello, *azizty*, la próxima vez que esté dentro de ti y tú estés suplicándome –dijo Kavian con voz ronca–. Te mantendré al borde del orgasmo hasta que me supliques y luego te recordaré que no tenemos una relación. ¿Era eso lo que tenías en mente?

La mirada de Amaya era salvaje, pero, cuando habló, su tono era seco, formal.

–Nos esperan en el salón del trono –le dijo.

Él no se creyó su aparente calma ni por un momento. Pero, de nuevo, tuvo que admirar su valor. Cómo le plantaba cara, cómo se controlaba cuando podía ver la tormenta en su mirada. Cuanto más intentaba demostrar ella que no estaban hechos el uno para el otro, más perfecta le parecía.

–Pueden esperar un poco más –respondió, enarcando una ceja–. Hasta que lleguemos, solo es un gran salón con un sillón que nadie más que yo puede tocar. Por ley.

–Y tras el que yo debo ponerme –replicó ella, pasando a su lado con la espalda rígida y la cabeza bien alta–. Será una experiencia emocionante, estoy segura.

Kavian la siguió por el pasillo, intentando disimular una sonrisa. Sus ayudantes lo rodearon de inmediato y solo cuando entraron en el salón del trono y ocuparon sus sitios en el estrado volvió a concentrarse en ella.

–Debes estar a mi lado, no detrás de mí –le dijo. No sabía por qué lo había hecho, tal vez porque ella estaba pálida a pesar del desafiante ángulo de su barbilla–. Un rey fuerte salvaguarda el trono, Amaya, pero una reina fuerte a su lado salvaguarda el reino. O eso dicen los poetas.

Vio algo brillar en su mirada entonces.

–¿Y tú gobiernas con poesía? Eso no concuerda con el hombre que me trajo aquí a la fuerza desde Canadá.

–Saliste de esa cafetería de Canadá por tu propia voluntad –le recordó él–. Como fuiste por tu propia voluntad al campamento del desierto y como irás al altar en unos cuantos días. Mi reina me obedece porque desea hacerlo, ese es su regalo. Y mi obligación es ganármelo.

Los guardias se pusieron firmes y el visir empezó a anunciar la entrada de los invitados. Cuando anunciaron el nombre de Elizaveta, Kavian notó que Amaya apretaba las manos sobre su regazo con tal fuerza que se le pusieron blancos los nudillos.

–Tienes miedo de tu propia madre –murmuró él–. ¿Por qué?

Amaya no tuvo tiempo de responder porque las puertas estaban abriéndose al otro lado del salón. Y, cuando su madre apareció, la vio contener el aliento como si de verdad tuviese miedo.

Kavian se volvió lentamente para mirar a la persona que había provocado tal reacción en una mujer que nunca había parecido intimidada por él.

Había visto muchas fotografías de Elizaveta al Bakri y debía reconocer que era una mujer bella. Una fría rubia con el pelo sujeto en un apretado moño y un rostro objetivamente hermoso, con un ligero toque de maquillaje para destacar los altos pómulos que su hija había heredado. Sus ojos azules eran frígidos, su expresión plácida y tenía el porte de una bailarina. Era alta y esbelta y caminaba hacia el trono con elegancia, aunque en opinión de Kavian era poco más que un reptil.

Muy parecida a su difunta madre.

–Respira, Amaya –le dijo en voz baja, al notar que contenía el aliento.

Elizaveta hizo una estudiada reverencia cuando llegó frente al trono y luego se incorporó con un elegante gesto. La mayoría de las serpientes eran hipnotizadoras, pero eso no las hacía menos venenosas, pensó él.

–Majestad –murmuró, con un ligero acento que Kavian sospechaba había mantenido solo para parecer exótica. Luego volvió la atención hacia su hija–. Amaya, cariño. Cuánto tiempo...

–Puedes acercarte a ella –dijo Kavian con tono imperioso. Era excesivo incluso para él y Amaya lo miró sorprendida, pero confiaba en que su expresión fuese lo bastante fiera como para evitar que dijese nada.

«Desafíame», sugirió con la mirada. «Te reto a que lo hagas».

Pero, cuando Amaya dio un paso hacia su madre, Kavian notó varias cosas a la vez. Era la misma atención a los detalles que experimentaba antes de un ataque, fuese mientras practicaba artes marciales o durante un combate real. Notó el eco en el enorme salón, el frufrú de su larga falda mientras Amaya bajaba por la escalera y la expresión calculadora de la fría mirada de Elizaveta.

Mientras la veía besar al aire dos veces, en el típico saludo europeo, Kavian quería echarla de allí, quería que apartase sus manos de Amaya. Ese deseo protector llegaba de un lugar muy profundo dentro de él y tuvo que hacer uso de toda su fuerza de voluntad para controlarse.

–Me alegro tanto de que hayas venido, madre.

Kavian se recordó a sí mismo que Elizaveta era su madre y que Amaya lo decía de corazón. Esa era la única razón por la que no echaba a aquella criatura del palacio.

–Claro que he venido –dijo Elizaveta, con una sonrisa que no le llegaba a los ojos–. ¿Dónde iba a estar más que a tu lado el día de tu boda?

–Tu instinto maternal es legendario –intervino Kavian, como una furia–. El mundo es un sitio enorme, y tú has explorado tantos países diferentes con Amaya a tu lado... Una educación poco convencional para una princesa.

Elizaveta inclinó la cabeza en un fingido gesto de respeto mientras Amaya lo miraba con expresión afligida.

No podía hacerle daño, pensó. Y no se lo haría.

–Pero te doy la bienvenida a Daar Talaas –dijo luego, por la mujer que pronto sería su esposa. Su perfecta reina–. Espero que disfrutes de tu estancia en mi palacio. Es una pena que vaya a ser tan breve.

–Es un poco déspota, ¿no? –le preguntó su madre cuando se quedaron solas horas después, tras un largo día de saludos oficiales y discursos diplomáticos. Sonaba burlona y maliciosa, como si aquello fuese una broma que solo a ella le hacía gracia–. Incluso para ser un jeque. He oído rumores... ¿siempre es así de autoritario?

Amaya estaba segura de que «autoritario» no era la palabra en la que su madre estaba pensando, pero no dijo nada. Estaban en el jardín tomando el té y Amaya se comió un pastel de almendras con total falta de decoro porque era más seguro comerse sus sentimientos que compartirlos con su madre.

–Es el rey de Daar Talaas –replicó después de tragar, sabiendo que su madre estaba contando cada caloría que consumía y sumándola mentalmente a sus caderas.

«Ella no puede evitar en quién se ha convertido», pensó. «No es culpa suya y seguramente venir aquí le ha costado más de lo que te puedas imaginar. No la juzgues».

–Ya lo sé, querida. Pero de todas formas...

–Ser autoritario es algo que le resulta natural –la interrumpió Amaya.

Elizaveta se llevó a los labios su taza de té negro sin azúcar, sin dejar de mirarla.

–Cuéntame qué has estado haciendo –dijo Amaya entonces. Sabía que su madre estaba dispuesta a lanzarse al ataque como hacía siempre y estaba segura de que no podría soportarlo–. Hace mucho tiempo que no hablamos.

–Tú has estado muy ocupada –dijo Elizaveta, con ese tono displicente que no era displicente en absoluto–. Viajando por todas partes durante estos seis meses, ¿no? Me imagino que era una última escapada antes de aceptar este matrimonio que tu hermano ha arreglado para ti –hablaba sin mover un músculo. Su madre nunca fruncía el ceño porque no quería que le saliesen arrugas en la frente–. Espero que lo hayas pasado bien porque un hombre como Kavian exigirá que empieces a tener hijos de inmediato. Cuantos más hijos, mejor, y tan rápido como sea posible para asegurar la línea sucesoria. Para un hombre como él, ese es tu principal deber.

–Aquí no hay líneas sucesorias –respondió Amaya, pensando que concentrarse en los hechos era preferible a pensar en otras cosas, como que Kavian y ella no habían utilizado métodos anticonceptivos en todo ese tiempo. ¿Por qué no había pensado en eso?

–¿Ah, no?

–No existen en el sentido clásico, como en otros reinos.

–Todos los hombres quieren que su hijo gobierne el mundo, Amaya, pero ninguno más que un jeque del desierto –Elizaveta sonrió y Amaya sintió un escalofrío por la espalda. ¿Siempre había sido tan fría o su estancia en Daar Talaas estaba cambiando algo en ella?, se preguntó–. Eres tan joven... ¿Seguro que estás dispuesta a ser madre?

–Tú fuiste madre a los diecinueve años.

–Pero yo no estaba tan protegida –dijo Elizaveta, haciendo un gesto desdeñoso–. No me puedo imaginar cómo has terminado en un sitio como este, con todas las ventajas que te he proporcionado durante estos años. Yo no tuve más remedio que casarme con tu padre cuando apareció como un príncipe de cuento de hadas para llevarme a Bakri. Tú tienes muchas opciones y, sin embargo, aquí estás, como si no hubieras aprendido nada.

Amaya tragó saliva, sintiendo como si tuviera una soga al cuello.

–Siempre has dicho que mi padre te enamoró, que estabas loca por él.

Sonaba como la niña que nunca había sido, no del todo. No podía evitarlo.

–Claro que dije eso –replicó su madre con gesto burlón–. Eso suena mucho más romántico que la realidad, ¿no?

–Da igual –se apresuró a decir Amaya. Quería interrumpir esa conversación porque no creía la repentina indiferencia de Elizaveta después de años blandiendo su corazón roto como si fuera una espada–. No tiene sentido hablar de ello. Tengo veintitrés años, no diecinueve, y nunca he estado ni remotamente protegida. Y, sobre todo, no estoy embarazada.

«No puedes estar embarazada», se dijo a sí misma.

Su madre la miraba fijamente y en sus ojos azules vio una malicia que le encogió el estómago. Pensó entonces en las cosas que Kavian le había contado sobre ella, que había vivido de un fideicomiso a su nombre, que había mentido sobre sus recursos... y a saber qué más.

–Eso es muy sensato, hija. Porque en cuanto te quedes embarazada estarás atrapada aquí para siempre.

«Atrapada» no era la palabra que a ella se le ocurría, pero Amaya decidió no preguntarse por qué.

–Afortunadamente, eso no depende de él.

Elizaveta esbozó una taimada sonrisa.

«Deja de pensar que te da miedo», se dijo Amaya. «No es un demonio, sino una mujer profundamente infeliz. Es su dolor el que habla, no su corazón».

–Claro que no, cariño –murmuró Elizaveta, inclinándose hacia delante para dejar la taza sobre el plato–. Nunca te había visto vestida con el atuendo tradicional. Ni siquiera cuando vivías en Bakri.

Amaya tuvo que hacer un esfuerzo para esbozar una sonrisa.

–No llevo velo.

–Aún no. Pero me pregunto si este es el primer paso –Elizaveta se encogió de hombros con cierto hastío–. Un engaño, si quieres. Kavian te atrae hasta aquí fingiendo ser un hombre moderno y luego...

–Madre –la interrumpió Amaya. Era tan absurdo que estuvo a punto de reírse–. Kavian no es en absoluto un hombre moderno. Si hubiera querido conquistarme fingiéndose un hombre moderno habría fracasado estrepitosamente.

Elizaveta se levantó y paseó sin aparente propósito por el jardín, como si estuviera admirando las flores.

–Qué sitio tan encantador. Adoro estas flores. ¿Qué parte del palacio es esta?

Amaya sabía dónde quería ir con eso. Tal vez había sido inevitable desde el principio, dado lo furiosa que estaba con su padre. Dado lo furiosa que seguía estando con su padre, a pesar de que ya había muerto.

–La zona de invitados –respondió, a regañadientes.

Su madre la miró por encima del hombro.

–¿Ese es su nombre oficial? Qué extraño.

Amaya miró las elegantes manos de uñas rojas y dedos cubiertos de diamantes que acariciaban los pétalos de una buganvilla.

–Creo que tú sabes muy bien que esto es parte de lo que una vez fue un harem –dijo Amaya por fin–. Pero Kavian ya no tiene un harem.

–Ahora no, quieres decir.

–Tuvo un harem antes de conocernos, si eso es lo que intentas decir –Amaya se sentía orgullosa de sonar tan calmada, casi aburrida, como si no pensara nunca en las diecisiete mujeres que habían vivido allí–. Claro que nunca ha dicho que fuese un santo.

Su madre se volvió para mirarla y Amaya, como siempre, se quedó sorprendida por el parecido entre las dos. Pero mientras que Elizaveta era rubia, ella era morena. Mientras que su madre era como una escultura de hielo, tallada a la perfección, ella era más... vulgar. O eso había pensado siempre. Y, sin embargo, aquel día se alegraba de no parecerse más.

–¿Ha renunciado a sus concubinas por ti? –le preguntó, con esa afilada sonrisa que era su mejor arma–. Me imagino que eso es suficiente para ser feliz.

Amaya no había hablado con su madre mientras intentaba huir de Kavian. Los periódicos habían especulado sobre si estaría ayudándola a escapar de un matrimonio de conveniencia, aunque no había sido así. Y en ese momento se alegraba de que Elizaveta no supiera nada sobre Kavian o sobre su especial relación con él.

–Kavian es muy romántico –empezó a decir, poniéndolo todo en esa mentira–. Puede que no lo demuestre ante ti o ante el resto del mundo, pero es un hombre duro que solo tiene un lado blando, y ese lado blando soy yo.

Su corazón se detuvo durante una décima de segundo, como si fuera verdad. Como si quisiera que fuese verdad.

Pero los ojos de su madre seguían siendo helados.

–¿Eso es lo que te ha dicho?

–No lo creería del todo si solo me lo hubiera dicho –respondió ella–. Los actos hablan mejor que las palabras. ¿No es lo que tú dices siempre?

–Pero cuando estés esperando un hijo, cuando estés gorda y te sientas fea, él aliviará su deseo con tantas mujeres como le apetezca. Los hombres siempre hacen eso, siempre. Especialmente los hombres como él, en sitios como Daar Talaas.

Amaya se levantó y se pasó las manos por la falda. Ya no era una niña, de modo que no tenía que soportar sermones. Y, desde luego, no tenía que creerla.

–Siento que esa fuera tu experiencia, madre. Pero no será la mía.

Solo cuando lo dijo en voz alta supo que quería que fuese verdad. Que en realidad quería creer en Kavian.

Y no sabía qué hacer con eso.

–Entonces, ¿te quiere? –le preguntó Elizaveta con tono irónico–. ¿O sencillamente te ha reclamado como esposa porque era lo más conveniente?

Amaya tragó saliva porque no sabía cómo responder a esa pregunta.

–Déjalo, madre.

–Porque no es lo mismo, cariño –Elizaveta sacudió la cabeza y Amaya sintió que su corazón se convertía en hielo–. Y una mujer debe saber siempre dónde está, o se pasará la vida de rodillas.

Capítulo 11

EN CUANTO Amaya entró en la habitación, mientras el sol empezaba a ocultarse tras el horizonte, Kavian supo que el encuentro con su madre la había afectado. Lo notaba en la lentitud de sus pasos, en el peso de su silencio.

El lápiz que tenía en la mano se partió en dos y murmuró un exabrupto, tirando los trozos a la papelera, bajo el escritorio de su despacho privado.

–No pensarás pasar por delante sin que te vea, ¿no? –le preguntó como hablando con las paredes, con los fantasmas que según la gente de la localidad habían poblado aquel palacio durante siglos–. ¿Crees que podrías hacerlo?

Amaya seguía llevando el elegante vestido largo que había llevado en el salón del trono, que destacaba su feminidad y sus perfectas formas. Las trenzas que sujetaban su pelo, que estaba empezando a ver como una adicción a la que sucumbiría para siempre, le daban un aspecto etéreo. Era mucho más que una novia canjeada. Era suya. Lo era todo.

Era tan preciosa que se le encogía el corazón al mirarla, pero ella tardó un momento en levantar la cabeza y, cuando lo hizo, sus ojos estaban oscurecidos, llenos de preocupación. Kavian la miró desde el otro lado de la habitación, impaciente, como si estuviera corriendo por las dunas directamente hacia su enemigo.

Amaya cruzó los brazos sobre el pecho y él hizo una mueca. Odiaba esa postura defensiva, odiaba que pensara que debía hacerlo. Incluso después de haber peinado la Tierra para encontrarla, incluso después de todo lo que le había contado sobre sí mismo. Después de saber la verdad sobre él y no odiarlo por ello.

Al parecer, solo su madre podía hacer que lo odiase.

Y quería rugir, aullar como una bestia salvaje.

—¿Por qué me miras así? —le preguntó Amaya.

—¿Cómo te miro? ¿Tal vez como si estuviera pensando que buscas una nueva forma de traicionarme? —le preguntó él.

Algo brilló en los ojos oscuros.

—No puedo traicionarte, Kavian. Para eso, primero tendría que comprometerme contigo por mi propia voluntad.

—Cuidado, Amaya —dijo él con tono seco—. Ten mucho cuidado.

Amaya tragó saliva, pero no apartó la mirada.

—¿Te acostaste con las diecisiete mujeres de tu harem?

—¿Por qué quieres saber eso?

—Es una pregunta muy fácil de responder.

Kavian dejó escapar un suspiro.

—Diez de mis supuestas concubinas tenían menos de quince años —dijo después. Y fue una curiosa experiencia para él porque nunca había tenido que dar explicaciones a nadie—. Eran ofrendas de las diez tribus que viven en el desierto, una tradición. Las traje aquí para educarlas, para que pudieran hacer lo que quisieran con sus vidas. La mayoría de ellas están ahora estudiando en Europa o se han casado. Y no, no me acosté con ninguna de ellas, por supuesto. Me gustan las mujeres adultas, como tú deberías saber mejor que nadie.

–Entonces, te acostaste con las otras siete.

–Mi predecesor tenía aquí un buen número de concubinas. Cuando me libré de él las envié al desierto con sus hijos porque no podía permitir que siguieran bajo mi techo. Eso me haría parecer débil a ojos de muchos de mis súbditos –dijo Kavian, encogiéndose de hombros–. Mientras no se dediquen a intrigas políticas pueden hacer lo que quieran, a salvo de cualquier interferencia por mi parte.

–Quieres decir que mientras no intenten vengarse como hiciste tú, las dejarás vivir.

–Así es. ¿Eso te ofende, Amaya? Ya te he dicho que Daar Talaas no es Canadá. Puedes reírte de nuestra justicia si quieres, pero eso no la hace menos efectiva.

–No me he reído –dijo ella, tragando saliva–. Pero eso no significa que lo apruebe.

–Dos de las concubinas de mi predecesor siguieron en el palacio cuando él desapareció, pero nunca las toqué. Les permití seguir aquí porque no tenían familia ni nadie que las ayudase. Fue considerado un acto de compasión.

Amaya lo miró en silencio durante largo rato y Kavian apretó los dientes, tan tenso como si estuviera a punto de lanzar un ataque. O tal vez protegiéndose de uno.

–¿Y las otras cinco mujeres que vivían aquí?

Él hizo una mueca.

–He oído que se llevan las citas por Internet, así que podría haber puesto un anuncio: *Jeque soltero busca compañía a cambio de sexo. Ninguna posibilidad de matrimonio, pero muchas ventajas económicas* –le dijo, burlón–. Estoy seguro de que a las revistas del corazón les habría encantado.

–Y una de las cinco...

–No voy a seguir respondiendo a preguntas sobre el harem del que me deshice cuando tú me lo pediste. Cuando te prometí que lo haría. Soy yo el que ha cumplido sus promesas mientras que tú me hacías perseguirte por todo el planeta. ¿De verdad quieres seguir hablando de eso?

Amaya irguió la espalda, sin dejarse amedrentar por su tono.

–No hemos usado ningún método anticonceptivo.

–No, es verdad. No hemos usado ninguno.

–¿Y eso es lo que quieres? ¿Crees que si me dejas embarazada me veré obligada a quedarme aquí?

Kavian notó su tono atormentado.

–¿No he dejado bien claras mis intenciones? –le preguntó, sin entender la opresión que sentía en el pecho–. ¿Te he engañado de algún modo? ¿Eso es lo que tu madre te ha dicho?

–No la culpes a ella. Es mi madre y solo quiere lo mejor para mí.

–¿De verdad crees que ese es su objetivo? –exclamó él, incrédulo.

Pero Amaya lo miró, desafiante.

–Te has aprovechado...

–¿De tu inexperiencia? ¿Ahora lo reconoces? Y yo que me había acostumbrado a la fulana de Montreal...

–Tú sabías que no tenía experiencia. Tú sabías que no estaba prestando atención a las cosas a las que debería haber prestado atención y lo has utilizado contra mí –replicó ella con voz firme. Tenía los puños apretados y, sin embargo, el brillo de sus ojos sugería que no estaba tan segura–. Quieres mantenerme aquí contra mi voluntad, sea como sea. Quieres tenerme embarazada durante los próximos diez años, a tu merced.

–Por favor, recuérdame algún momento en el que te haya hecho creer otra cosa.

El tono furioso de Kavian podría haber tirado los muros. Y podía ver cómo la afectaba, cómo tragaba saliva y buscaba aliento. Incluso vio que cambiaba de postura, como si sus rodillas se hubieran doblado bajo el peso de su cuerpo.

No era capaz de reconocer lo que sintió en ese momento, esa agonía en sus entrañas a la que no podía poner nombre. Vergüenza, se dio cuenta entonces. Y odio hacia sí mismo por utilizar tácticas de guerra con una mujer. Nunca había sentido nada parecido.

Y no le gustaba, de modo que se levantó para acercarse a ella, sabiendo que su máscara estaba rompiéndose, que podría revelar más de lo que deseaba...

Pero no podía parar.

–¿Y qué pasará cuando consigas lo que crees que quieres? –le preguntó ella, con voz estrangulada. Y Kavian se odió aún más a sí mismo–. ¿Qué pasará cuando te dé todo lo que tengo y tú dejes de estar interesado? ¿Qué pasará cuando me hayas utilizado y me dejes a un lado? ¿Tendrás también un gesto de compasión cuando llegue mi turno?

–No deberías hacer caso de los desvaríos de una mujer amargada. Yo no soy como tu padre.

–¿Estás seguro? Porque, de momento, os parecéis mucho.

Kavian estaba desaforado, salvaje sin medida. Y no se le ocurrió controlarse mientras se acercaba a ella hasta que Amaya dio un paso atrás.

–¿Quieres que me disculpe, *azizty*? –le preguntó, con una voz que parecía un rugido–. En esa fantasía tuya, ¿debo suplicar tu perdón?

–Aunque fuese una fantasía, sé que no lo harías de corazón.

Él deslizó los dedos por la satinada piel de su cuello, por el tumultuoso pulso que latía en su garganta. La sintió temblar y vio un brillo de deseo en su oscura mirada, quisiera ella o no.

–No, es verdad –asintió por fin–. No lo haría de corazón.

–Kavian...

Él sabía lo que iba a decir, podía ver las palabras formándose en sus labios.

–Mi madre...

–Haré que echen a esa serpiente del palacio ahora mismo.

–Es mi madre.

–¿Crees que no sé distinguir a una buena madre de una mala? ¿Has olvidado a la mía? Tu madre es una víbora y quiero que se lleve su veneno fuera de aquí.

–No –dijo Amaya entonces. Era mucho más pequeña que él, mucho más frágil, pero lo miraba como si no se diera cuenta de esas cosas. Como si tuviera intención de lanzarse a un combate mano a mano si no hacía lo que le pedía.

Lo que le ordenaba.

–¿Perdona?

–Ya me has oído –dijo ella, levantando la barbilla–. No puedes echar a mi madre de aquí porque no te caiga bien. Me da igual que te caiga bien o no.

–A ti tampoco te cae bien.

–Es mi madre y la quiero.

–Yo no la soporto. Te tiene envidia, por eso susurra venenosas palabras en tu oído. Y tú la temes.

–Siento compasión por ella. Mi padre le hizo mucho daño –protestó ella.

Kavian inclinó la cabeza para besar su cuello, sintiendo cómo se estremecía.

–Es una mujer adulta que lleva toda la vida manipulando a otros para que hagan lo que ella quiere, pero yo no bailo al son de los demás. ¿Por qué voy a soportar su presencia?

–Porque yo te lo pido –respondió Amaya.

Kavian negó con la cabeza, recordando la fría mirada de Elizaveta, una mujer tan parecida a las fotografías de su débil, vanidosa y traidora madre.

–No –dijo por fin.

–Entonces no puedes darme lo que deseo. No puedes ceder en absoluto –afirmó Amaya sin el menor miedo. Y él la admiró por ello–. No digas que quieres tener una reina fuerte a tu lado cuando lo único que quieres es salirte con la tuya todo el tiempo.

–Quiero exactamente lo que dije querer desde el principio. Soy lo que he sido siempre. Más que eso, *azizty*. Soy exactamente lo que tú necesitas.

–Entonces demuéstralo. Ya te he dicho lo que necesito –replicó Amaya, clavando en él sus ojos oscuros–. No necesito que lo entiendas. Necesito que me escuches por una vez.

Kavian no reconocía los sentimientos que crecían dentro de él. No entendía por qué se sentía como si estuviera en medio de una tormenta de arena, siendo sacudido de un lado a otro. Solo veía el brillo inquebrantable de sus ojos, tan firme como el hierro forjado.

–Si eso es lo que quieres –dijo con un tono que le

resultaba extraño, tal vez porque no estaba acostumbrado a ceder–. De acuerdo, tu madre puede quedarse.

Los ojos de Amaya brillaron de alegría y, cuando levantó una mano para acariciar su cara, Kavian sintió esa caricia por todas partes, en el cuello, en los pies, en el sexo, en la garganta.

–Gracias –musitó, como si le hubiera dado un reino–. Gracias, Kavian.

Esa opresión en el pecho se volvió insoportable y estaba cansado de hablar, de modo que la estrechó contra su torso, notando con fiera satisfacción el roce de sus duros pezones.

Y entonces inclinó la cabeza para devorarla.

La besó con la violencia que había dentro de él, con esa cosa salvaje que lo consumía, esa incivilizada criatura a la que hubiera encerrado si pudiese. El hombre que no podía ser salió de él en aquel beso y tomó su boca como una tormenta, como una invasión.

Y ella lo recibió, dándole la bienvenida.

Más que eso.

Era un beso salvaje, crudo, elemental.

No sabía si fue ella quien le arrancó la ropa o fue él, solo sabía que arrancó el corpiño del vestido para acariciar sus pechos, para adorarlos. Solo sabía que hundió las manos en su pelo y que el sabor de sus labios le hacía olvidar el resto del mundo.

Estaban en el suelo del despacho, dando vueltas mientras se arrancaban la ropa. Un ansia desesperada rugía dentro de él, pero también dentro de ella. Kavian sabía que Amaya experimentaba la misma pasión devoradora.

Sin poder contenerse, separó sus piernas y la embistió con todas sus fuerzas. Y cuando ella gritó su nombre apoyó los puños en la alfombra para intentar controlarse mientras Amaya clavaba los dedos en su espalda.

–Gracias –susurró de nuevo, como una bendición que él no se merecía.

El banquete que tuvo lugar la noche antes de la boda fue caprichosamente llamado por los periódicos: *Oriente se encuentra con Occidente por fin,* un título más bien teatral para una cena de ensayo que pareció durar una eternidad en opinión de Amaya.

Dignatarios, diplomáticos y aristócratas llenaban el enorme salón de baile del palacio, con una orquesta, sirvientes moviéndose de un lado a otro y hasta un grupo de bailarinas haciendo la danza del vientre. Kavian, sentado en la cabecera de la mesa, tenía sus ojos grises clavados en ella como si esperase que saliera corriendo en cualquier momento.

Como si pudiera leerle el pensamiento incluso mientras sonreía y hacía su papel para los invitados.

La insufrible cena terminó por fin y, mientras se levantaba para charlar con los invitados, Amaya pensó que todo aquello era culpa suya. Había algo malo en ella, algo retorcido. No había otra explicación. ¿Por qué si no era incapaz de resistirse a aquel hombre? Si tuviera algo de personalidad habría intentado escapar. No estaría allí, a punto de hacer algo mucho peor que lo que había hecho seis meses antes.

–¿Estás preparada para mañana? –le preguntó su madre en voz baja, pero Amaya se limitó a sonreír, esperando que nadie estuviera prestándoles demasiada atención.

¿Estaba preparada? ¿Cómo iba a saberlo?

–Sí –respondió. Porque no quería seguir cuestionándose a sí misma. No quería seguir destruyéndose.

–Es lo mejor, cariño. Ya lo verás –dijo Elizaveta con tono petulante–. Los hombres como él solo pueden ser como son. No cambian nunca.

–Madre, tú no conoces a Kavian.

–Pero conozco a los hombres como él.

–Sabes lo que quieres saber y nada más –Amaya miró a su alrededor, temiendo que alguien las estuviera escuchando, pero los invitados se movían de un lado a otro o habían salido al jardín.

La mirada de su madre era fría y su sonrisa ensayada.

–No sé qué quieres decir.

–Da igual –dijo Amaya, poniéndose seria–. Este no es el sitio para hablar de ello.

Tendrían una vida entera de soledad para hablar de ello, pensó, sintiéndose vacía. Totalmente vacía y sola. Pero eso era de esperar. No se iría ilesa de Daar Talaas. Incluso sería una sorpresa que pudiera reconocerse a sí misma.

–No me gusta tu tono –le advirtió Elizaveta–. ¿Has aprendido aquí a faltarme al respeto? Estoy deseando sacarte de Daar Talaas.

–¿Hemos vivido de un fideicomiso que mi padre abrió para mí cuando era una niña? –le preguntó Amaya entonces, sin poder evitarlo–. ¿Es así como sobrevivimos durante tantos años? Porque debí haberte malinterpretado, madre. Pensé que íbamos de un lado a otro porque no tenías un céntimo.

De inmediato vio la verdad en el rostro de su madre, tan parecido al suyo.

–Las cosas eran más complicadas de lo que tú puedas entender –respondió Elizaveta por fin con tono helado.

–Déjalo, madre. Por suerte para ti, yo soy más comprensiva que tú.

Iba a alejarse entonces, con el corazón encogido, pero ella puso una mano en su brazo.

–No es comprensión, es debilidad. ¿No te he enseñado a distinguir una cosa de otra? Tu problema es que te conviertes en un felpudo para cualquiera que quiera limpiarse los pies contigo. Esa es la diferencia entre tú y yo.

Algo se rompió entonces dentro de ella; algo tan grande que casi le sorprendió no escuchar gritos entre la gente. Tardó un momento en entender que el palacio no estaba derrumbándose sobre sus cabezas, que ese algo que se había roto estaba solo dentro de ella.

–Yo decido cuándo ceder, madre –replicó, apartando la mano de su brazo–. Y con quién. Solo me arrodillo cuando quiero arrodillarme y eso no me convierte en un felpudo. Me he pasado la vida haciendo lo que tú me pedías porque te quiero, no porque sea más débil que tú.

–Yo no...

–Tú te has pasado la vida postrada ante tus sentimientos por un hombre que se olvidó de ti en cuanto te fuiste de Bakri porque nunca has sido tan fuerte como quieres hacer creer. Esa es la diferencia entre nosotras, madre. Yo no estoy fingiendo.

–Debes estar loca si crees que un hombre como Kavian te ve como algo más que una conquista –replicó Elizaveta.

–No vuelvas a nombrarlo –le advirtió Amaya, con una firmeza que hizo parpadear a su madre–. No vuelvas a mencionar su nombre. Es intocable para ti, como lo soy yo.

–¡Soy tu madre! –exclamó ella.

–Y te quiero –dijo Amaya–. Siempre te querré, pero si no puedes tratarme con respeto no volverás a verme. Es así de sencillo.

Por primera vez en su vida, Elizaveta parecía mayor, frágil, pero Amaya intentó ignorar una punzada de compasión.

–Hija...

–Esto no es un debate, madre, es un hecho.

Y luego le dio la espalda por primera vez en su vida. Tardó un momento en recordar que debía sonreír e inclinar la cabeza mientras se movía entre los nobles personajes hasta que llegó al patio y, por fin, pudo respirar.

Kavian estaba al fondo, hablando con dos generales. Pero, como si hubiera intuido su presencia, giró la cabeza inmediatamente.

Y, por un momento, no había nada más. No había gente, ni invitados. No había boda por la mañana. Solo ellos.

Su rostro era tan brutalmente cautivador como siempre y Amaya lo conocía cada día mejor. Lo sentía como si estuviera a su lado, como si estuvieran solos y no rodeados de gente.

Pensó que podría sentirlo así durante el resto de su vida y se dijo a sí misma que aquella opresión en el pecho que sentía no era dolor. No podía ser dolor.

–No pareces una feliz novia, hermanita.

Amaya dio un respingo al escuchar esa voz tan familiar, pero intentó sonreír antes de mirar a su hermano.

Sin embargo, Rihad al Bakri no le devolvió la sonrisa. La miraba con sus penetrantes ojos oscuros, como intentando leerle el pensamiento, y ella tuvo que girar la cabeza para mirar a Kavian, el hombre que la había secuestrado en Canadá como si tuviera todo el derecho a hacerlo. Había reporteros por todas partes grabando aquella noche para la posteridad y si ella decidía contarles la historia...

«Si te casas con él, ese escándalo será solo un grano de arena en una montaña», le dijo su vocecita interior. «Si no te casas con él, el escándalo podría hundir a dos países».

Sabía lo que tenía que hacer si quería sobrevivir. Había puesto todo en movimiento, pero eso no significaba que fuese fácil porque le importaba lo que pudiera pasar a raíz de su decisión.

–Tú sí pareces muy feliz, Rihad –dijo después–. No sabía que esa fuera una posibilidad.

Para él, para ella, para cualquiera de ellos.

Su hermano frunció el ceño.

–Amaya...

–Aquí no, por favor –lo interrumpió ella, poniendo una mano en su brazo–. No querrás que tu preocupación fraternal me haga llorar. Podría provocar una guerra y sería conocida para siempre como la princesa egoísta que causó la ruina de un imperio. Esa es la razón por la que Helena de Troya no tiene la mejor reputación, así que no merece la pena.

–Escúchame –dijo Rihad entonces, con ese tono que le recordaba que no solo era su hermano mayor, sino un rey. Hasta ese momento, su rey.

Amaya recordó la boda de Rihad con su primera mujer y las celebraciones en la ciudad de Bakri. También había sido un matrimonio de conveniencia. Entonces ella era pequeña y había pensado que una boda significaba que la novia y el novio se querían.

Él le había contado que se llevaba bien con su primera esposa, pero eso no era nada comparado con lo que sentía por Sterling, su segunda mujer. El amor que había entre ellos había sido evidente en cuanto llegaron a Daar Talaas el día anterior porque saltaban chispas entre ellos. Aunque Amaya no podía entenderlo, ya que Sterling había sido la amante de su difunto hermano Omar durante una década.

Entre Kavian y ella no había nada de eso. La suya era solo una relación física, un deseo brutal que estaba segura los destruiría a los dos. No era el afecto del primer matrimonio de Rihad y tampoco el evidente amor del segundo.

Era una agonía.

–Si no sigues adelante con esta boda causarás muchos problemas –le dijo Rihad con tono serio–. No puedo negarlo, pero tampoco puedo forzarte a ir al altar. Me da igual que Kavian se crea con todo el derecho.

Amaya giró de nuevo la cabeza y se encontró con la mirada de Kavian. Tan gris, tan fiera, quemándola como el roce de sus manos de guerrero.

Y entonces lo entendió.

La noche antes de una boda que había intentado evitar durante más de seis meses, Amaya entendió que estaba profunda, locamente enamorada del hombre con el que iba a casarse por la mañana. Seguramente lo había estado desde el día que se conocieron, cuando esos ojos de color plata, tan oscuros y fieros, se encontraron con los suyos.

Cambiándolo todo.

Cambiando el mundo entero.

Lo amaba. Entendió eso con cierto fatalismo, como entendió que siempre lo amaría.

Pero, si se casaba con él, tarde o temprano se convertiría en su madre. Si tenía hijos con Kavian, ¿los trataría como su madre la había tratado a ella? Una vez que Kavian se cansase de ella y la apartase de su lado, ¿pasaría el resto de su vida yendo de un amante a otro, haciendo que todos los que se acercaban fueran tan infelices y amargados como ella?

Había destinos peor que la muerte, pensó entonces, con el corazón encogido.

–¿Te encuentras bien? –le preguntó Rihad, mirándola con gesto preocupado.

Amaya nunca sabría cómo consiguió sonreír cuando dentro de ella rugía una tormenta. Los cimientos de su vida parecían haberse hundido de repente. Amaba a Kavian, pero su amor no era correspondido y no quedaban más que cenizas. Cenizas, dolor y una terrible oscuridad. Porque él le había mostrado quién era, de qué estaba hecho. Le había mostrado cuánto podía ceder y era tan poco... Demasiado poco.

¿Qué pasaría cuando él no se molestase en intentarlo siquiera?

–No seas bobo –le dijo a su hermano, el rey de Bakri como lo había sido su padre antes que él. El gobernante que la había vendido a un hombre del que no había escapado intacta. Ya estaba rota y sabía que nunca volvería a estar entera de nuevo.

Cuando traicionase a Rihad y a Kavian, a Bakri y a Daar Talaas, se imaginó que se rompería aún más, que se convertiría en polvo mientras vagaba por el mundo en la amarga estela de su madre.

Pero eso era mejor que quedarse con Kavian y amarlo hasta que su amor matase algo dentro de ella. Sería mejor amar a un muro de piedra, pensó con tristeza. Porque era más fácil que la correspondiese.

Pero esbozó una sonrisa, como si todo estuviera bien. Como si su corazón no se hubiera roto en mil pedazos.

–No he estado mejor en toda mi vida.

Capítulo 12

POCO antes del amanecer, Amaya lo sintió tras ella en el balcón, como si fuera parte de las sombras, oscuro y vibrante.

Pero no miró por encima de su hombro. Mantuvo los ojos clavados en la suave luz que se extendía sobre el valle, haciendo que la vieja ciudad centellease, en la inmensidad de las montañas y, al otro lado, en el desierto que se había hecho un hueco en su alma sin que ella se diera cuenta.

Sobre su cabeza, las estrellas empezaban a desaparecer poco a poco.

—Se supone que no deberías estar aquí —dijo por fin, cuando pudo encontrar la voz. Cuando la garra que envolvía su corazón le permitió articular palabra.

—¿Porque crees que estoy atado por las tradiciones o porque esperabas estar en Estambul a esta hora? —replicó Kavian.

Su tono era suave, pero letal.

Amaya se tomó su tiempo para darse la vuelta y, cuando lo hizo, tuvo que agarrarse a la barandilla del balcón porque se le doblaron las rodillas.

Kavian iba vestido de negro de la cabeza a los pies, como aquella mañana en Canadá una eternidad atrás, pero iba descalzo y una oleada de deseo la sacudió; un deseo que jamás la abandonaría porque era tan parte de ella como su corazón, que latía desbocado dentro de su pecho. Más aún.

–Me dijiste en la fiesta que podría dormir sola esta noche para...

–Ahórrame las mentiras, Amaya.

Ella dio un respingo.

–No he dicho nada. ¿Cómo podría haber mentido?

–¿Has hecho la maleta?

Ella tragó saliva. ¿Desde cuándo estaba vigilándola?

–No.

–La has hecho. No una maleta, sino una bolsa de viaje, pero creo que estarás de acuerdo en que es lo mismo.

A Amaya le dio un vuelco el corazón dentro del pecho.

–¿Has estado espiándome la noche previa a nuestra boda?

–Nuestra boda –repitió él, haciendo una mueca–. Lo que no puedo entender es por qué sigues aquí. Tu madre dio instrucciones muy explícitas a mis hombres. Debías salir del palacio por las cocinas y ella tendría un coche preparado para alejarte de mis diabólicas garras por fin. Su intención era, por supuesto, humillarme ante los ojos del mundo.

Amaya quería morirse allí mismo. Se sentía mareada y sus ojos se habían llenado de lágrimas, pero intentaba desesperadamente contenerlas.

–Sé que es fácil malinterpretar a mi madre, pero ella me quiere a su manera –murmuró, dando un paso adelante. Pero se detuvo cuando él levantó una mano llena de cicatrices.

–No te acerques a mí –le advirtió.

–Kavian...

Pero no pudo terminar la frase. Sus ojos grises eran más oscuros que la noche y, por primera vez desde que se conocieron, en ellos no había ningún brillo.

–Has conspirado con otra mujer que no es más que una víbora para escapar de mí otra vez, después de convencerme para que la dejara quedarse en Daar Talaas, cuando yo quería echarla de aquí –le dijo, como si estuviera emitiendo una sentencia–. Pero en esta ocasión yo debía esperarte frente al altar occidental en el que tú insististe para nuestra boda. Pensabas dejarme plantado allí.

–Kavian...

–No sé qué es lo que quieres que yo no te haya dado –la interrumpió él, su voz era como un trueno–. Te he dado un reino, un trono. A mí. No sé qué crees que vas a encontrar ahí fuera.

Amaya no sabía cuándo se había abrazado a sí misma, solo que si no lo hubiera hecho se derrumbaría.

–No es eso...

–Me imagino que querrás declaraciones de amor, poesías. Yo no soy ese hombre, Amaya. Soy una fuerza bruta en un viejo trono que se hace pasar por un hombre. No soy tierno, no puedo cortejar a una mujer como hacen otros hombres, pero te protegería con mi vida. Te adoraría hasta el día de mi muerte.

–Me retendrías aquí.

–A ti te gusta estar aquí. Te observé durante días antes de ir a buscarte a ese pueblecito de Canadá, y sé que eras muy infeliz.

–¡Estaba huyendo de ti! –protestó ella.

–Estabas perdida y sola. Pero entonces conocí a tu madre... y ahora sé que siempre has estado sola.

Ella contuvo el aliento y le dolía. Todo aquello le dolía.

–Tú no sabes nada sobre mí.

–Lo sé todo sobre ti –replicó él–. Eso es lo que intento decirte. No sé cómo cortejar a una mujer, no soy romántico, pero vi tu cara en aquel vídeo, escuché tu voz y eso alteró mi mundo. Tenías que ser mía. Solo puedo darte eso.

–¿Y si yo no lo quiero?

Kavian cruzó el balcón como un relámpago y la apretó contra su torso, haciendo que tuviera que ponerse de puntillas.

–No has querido nada con más pasión en toda tu vida.

Amaya intentó empujarlo, pero era como una roca y, de repente, las lágrimas que había intentado contener empezaron a rodar por sus mejillas. Porque era como un ángel vengador, obligándola a enfrentarse con lo que no quería ver.

–Te dije desde el principio lo que quería –le recordó Amaya, desesperada. Porque lo amaba y sabía dónde llevaría eso, en qué la convertiría–. Déjame ir, Kavian. Por favor, déjame ir.

Y entonces él la soltó de golpe. Amaya trastabilló y tuvo que agarrarse a la barandilla de nuevo, incapaz de apartar la mirada.

No se podía creer que la hubiera soltado.

Kavian respiraba agitadamente, mirándola con un brillo helado en los ojos y, por un momento, no había nada más. Eso y lo que quedaba de su corazón.

–Cumpliré mis compromisos militares con tu hermano –dijo luego. Y, por un momento, Amaya no sabía de qué estaba hablando.

Pero entonces lo entendió. Y fue como si Kavian hubiera extinguido el brillo de las estrellas.

–Escúchame, Amaya –dijo él, con el tono autoritario del rey que había recuperado el trono con sus propias manos. Con el tono del hombre que la había conquistado con una mirada seis meses antes, por muchas mentiras que se hubiera contado a sí misma desde entonces–. No voy a perseguirte. No iré a buscarte.

Ella no podía hablar. Debería sentirse aliviada, pero no era así.

–Hazte una prueba de embarazo y envíamela. Si no la recibo dentro de un mes, enviaré a uno de mis médicos para que te la hagan. Y si estás embarazada...

–No puedo estarlo –lo interrumpió ella, con una voz que no parecía suya. Sonaba distorsionada, rota–. No puedo estarlo.

–Entonces no tienes nada de qué preocuparte. Me imagino que eso será muy conveniente para ti.

Nunca la había mirado de ese modo, tan frío, tan remoto. Siempre había parecido fascinado por ella, incluso cuando estaba enfadado.

Aquel era un Kavian al que no conocía y esa revelación rompió lo que quedaba de su corazón hasta que no quedaba nada más que polvo, pesar y esa soledad que siempre había llevado dentro de ella.

–¿Necesitas que firme algún documento? –le preguntó.

Él estaba inmóvil, ni siquiera parecía respirar. Sin embargo, le pareció ver que un músculo latía en su mandíbula.

–¿Para qué? Firmaste muchas cosas hace seis meses. Tu palabra, tu firma, tus promesas, nada de eso vale nada.

Amaya quería tocarlo, pero no se atrevió.

–Kavian...

–Querías irte –dijo él con tono helado, cruel–. Pues bien, vete. Ya no tienes que esconderte. Haré que preparen el helicóptero y el avión. Puedes ir donde quieras, pero llévate a tu madre contigo.

–Pensé que... –Amaya no sabía lo que iba a decir y sintió que el suelo se abría bajo sus pies–. Pensé que tú querías...

–Te quiero a ti –la interrumpió él–. Pero no te forzaré a quedarte. Estoy cansado de este juego en el que tú aparentas que te fuerzo a quedarte cuando en realidad es lo que quieres. Vete, Amaya. Sé libre, pero recuerda que te conozco bien. Este es el único hogar que has tenido. Yo soy tu único hogar.

Y ella supo que tenía razón. Tal vez por eso se rebelaba contra esa verdad. Tal vez por eso seguía allí, casi como si hubiera estado esperando que Kavian fuese a buscarla.

–El mundo es muy grande. Hay muchos sitios a los que ir.

Él sacudió la cabeza.

–Los has visto todos. Tu madre te ha arrastrado por todo el mundo y sabes que no hay secretos, que no vas a encontrar lo que buscas.

–Este no es mi sitio –insistió Amaya con la voz rota.

–*Azizty*, este es tu único sitio. Aquí, conmigo.

–Quieres mi total y absoluta rendición. Quieres que me arrodille ante ti, quieres que te suplique.

–Tal vez porque eso es lo que tú también quieres después de pelear un poco. Te da miedo aceptar que los dos queremos eso, que somos iguales. Hemos nacido para estar juntos.

–Kavian...

Pero él la interrumpió con un gesto.

–El sol está a punto de salir y tienes que tomar una decisión, Amaya. Sugiero que lo hagas lo antes posible y luego vete si eso es lo que quieres. Yo tengo que cancelar una boda y manejar un terrible escándalo.

Y luego se dio la vuelta y se alejó de ella.

Amaya no podía creérselo, no tenía sentido. No era ella quien se alejaba, sino él. No podía respirar...

Y entonces el sol del desierto empezó a asomar sobre las distantes colinas, el valle y el palacio, envolviéndolo todo con su radiante luz, transformando el mundo.

Y Amaya lo entendió por fin.

Entendió la lección de las estrellas, del desierto, del sol.

Todo eso era amor.

Las estrellas y el sol no cedían, sencillamente eran. No podían ser alterados o cambiados porque eran inmensos, infinitos. ¿Qué importaba lo que dijese su madre? ¿O esas voces dentro de ella que le decían lo que debería sentir, no lo que sentía de verdad?

Lo único que importaba era el amor y cuando miraba los preciosos ojos grises de Kavian siempre había visto esa grandeza, esa eternidad. Había visto la pureza de un hombre que no engañaba, que era quien era.

Para un hombre como él, que había gobernado aquel país inclemente con mano firme durante más de una década, su tolerancia con Elizaveta era el equivalente a ceder.

¿Por qué no iba a rendirse si él se había rendido también?

Amaya dio un paso hacia la habitación, sus pies resbalaban sobre el suelo de mármol. Pero Kavian no estaba allí y tampoco en el baño. Corrió por el pasillo, mirando frenéticamente en todos los salones, y estaba al borde de la histeria cuando lo encontró en su despacho, con el móvil en la mano.

Tuvo la impresión de que él parecía sorprendido, pero no esperó a confirmarlo. Sencillamente se lanzó sobre él, confiando en que la sujetase...

Y lo hizo.

Siempre lo hacía.

—Te he dejado ir —dijo Kavian mientras la dejaba en el suelo.

—Te quiero —le confesó Amaya.

Y durante largo rato, épocas, siglos, no había nada más que su arrobada mirada y un clamor en su pecho.

—Sí, *azizty*, lo sé —asintió él, tan arrogante como siempre—. Llevó algún tiempo intentando decírtelo.

Era mejor que un poema amoroso, mucho mejor, y las palabras salieron de ella con una fuerza tan imparable como el nuevo día sobre las viejas montañas.

—Da igual que tú no puedas corresponderme —le aseguró. Y lo decía en serio—. No quiero ser como mi madre, Kavian. No quiero que te acuestes con un harem cuando me quede embarazada, no quiero compartirte con nadie. No quiero desaparecer, cediendo y cediendo hasta que no quede nada de mí —Amaya intentó llevar oxígeno a sus pulmones, con las lágrimas nublando su visión mientras se arrodillaba ante él—. Pero sé que este es mi sitio. Aquí, contigo.

Pensó que él se reiría, que le pediría que se quitase la ropa para hundirse en ella y demostrarle precisamente cómo encajaban. Para demostrarle una vez más que era un hombre de piedra, no de carne y hueso.

Y Amaya seguía amándolo a pesar de todo. No había vergüenza en ello, solo amor.

Pero en lugar de eso, Kavian tomó aire y luego lo dejó escapar lentamente, como si le doliera.

Y entonces, su Real Majestad, Kavian ibn Zayed al Talaas, gobernante de Daar Talaas, se puso de rodillas frente a ella.

–Esto es amor –dijo con voz ronca, tomando su cara entre las manos como si fuera algo precioso–. Tu imagen me ha perseguido desde el momento en que te vi. Te he buscado por todo el mundo porque vives en mi cuerpo, en mis venas, en mi sangre. Eres mía –Kavian sacudió la cabeza, mirándola con esos serios ojos grises que ella adoraba–. Nunca serás como tu madre porque ella no quiere a nadie. Y nunca tendrás que preocuparte de que te traicione, embarazada o no, porque yo tampoco comparto a la mujer que quiero. No espero que seas más generosa que yo y no hay ningún precio que pagar, *azizty*. Solo hay esto –murmuró, inclinando la cabeza para buscar sus labios.

La besó y el mundo se renovó. Kavian la amaba y Amaya se sintió tan grande como el desierto, tan brillante como las estrellas, tan dorada como el sol que empezaba a colarse en la habitación.

Cuando abrió los ojos vio su serio rostro de guerrero, sus implacables ojos grises. Estaba hecho de piedra y era suyo, todo suyo. Y pensó que tardaría una vida entera en acostumbrarse.

–Te quiero, Amaya –dijo en voz baja. Y cuando sonrió, mostrando ese hoyuelo sobre la comisura de los labios, ella sintió que se iluminaba por dentro–. Cásate conmigo.

Amaya se rio mientras le echaba los brazos al cuello, apretándose contra él. De rodillas los dos, juntos.

–¿Me lo estás pidiendo? –bromeó–. Porque eso ha sonado como una orden o un decreto real.

–Te lo estoy pidiendo, aunque dudo que tal cosa vuelva a ocurrir –respondió él, pasando una mano por su pelo y sujetando su cadera con la otra, como si no quisiera soltarla nunca.

Ella sonrió, feliz. Rindiéndose del todo, arriesgándolo todo. Y nunca se había sentido más fuerte en toda su vida o más segura de algo.

–Cásate conmigo, Amaya –repitió Kavian, con un brillo de súplica en sus ojos grises–. Por favor.

Los jeques aterradores no cedían ante nada, pensó Amaya, y aquel jeque menos que ninguno. Lo había demostrado mil veces.

Pero, al parecer, Kavian sí podría ceder.

Solo un poco.

Lo suficiente.

–Lo haré –respondió, sosteniéndole la mirada como no había hecho cuando firmaron los documentos del compromiso. Como no había hecho cuando escapó de él. Porque aquella vez sabía lo que estaba prometiendo y lo hacía de corazón–. Te lo prometo, Kavian. Lo haré.

Y luego buscó su boca para demostrarle que hablaba en serio.

Kavian reclamó a su reina en una grandiosa ceremonia que fue divulgada por miles de periódicos y emitida en incontables canales de televisión. Bakri y Daar Talaas unidos a ojos del mundo contra sus enemigos comunes.

–De este modo –dijo Kavian, satisfecho cuando fueron unidos en tres idiomas, dos religiones y bajo las leyes de al menos tres países– no habrá ningún error. Eres mía, Amaya.

Su mujer, por fin.

–Soy tuya –asintió ella con una sonrisa que le aceleró el corazón.

Y lo era. Por fin lo era.

Más que eso, era la reina con la que siempre había soñado, tan hermosa y fuerte como para hacer que la nación entera suspirase, maravillada, y capaz de ensuciarse las manos cuando era necesario. Su gente la admiraba tanto por haber hecho que Kavian la persiguiera por todo el mundo como por su final rendición y la llamaban «la reina esforzada» como en los viejos poemas dedicados a las reinas guerreras de Daar Talaas.

La querían.

Y la quisieron más cuando le dio su primer hijo ocho meses después de la boda, haciendo que la sangrienta historia de Kavian tuviese un final feliz. Su hijo no tendría que vengar a su padre, su hijo no tendría que preguntarse qué clase de hombre era porque lo sabría desde el principio.

Kavian declaró un día de fiesta nacional cuando Amaya le dio su primera hija un año y medio después, la niña más preciosa en la historia del mundo, según el encandilado rey.

Kavian convirtió a Amaya en la reina más querida en la historia de Daar Talaas.

Pero Amaya lo convirtió en un hombre.

Lo amaba fieramente y exigía lo mismo a cambio. En ocasiones se rebelaba contra él tan apasionadamente como lo amaba, y Kavian aprendió a ceder. Solo un poco, lo suficiente. Porque Amaya lo perdonaba y lo redimía cada día.

Por supuesto, Kavian no encerró a su madre en prisión como había querido y, a medida que pasaban los años, descubrió que había sido buena idea dejar que se quedase en Daar Talaas.

Elizaveta nunca había sido cariñosa, pero era mucho mejor como abuela que como madre.

–Se ha suavizado –le dijo a Amaya un día. Estaban en el antiguo harem, viendo a Elizaveta jugar con los niños bajo el sol que entraba por el lucernario. Cuando estaba con los niños, la fría rubia era irreconocible–. Nunca lo hubiera creído.

–Ella no es la única que se ha suavizado –respondió ella, sonriendo cuando él la fulminó con una mirada de fingida indignación.

–Yo soy un hombre de piedra, *azizty* –dijo Kavian.

Pero, cuando la oyó reírse, el mundo se detuvo como se había detenido aquella vez, mientras la veía en un vídeo una eternidad atrás. Como seguiría deteniéndose, estaba seguro, cuando los dos fueran ancianos.

–Eres mi hombre –murmuró Amaya, poniéndose de puntillas para besarlo–. Mi hombre.

Y luego tomó su mano y salieron al sol, a los brillantes días de su maravilloso futuro.

Bianca

Durmiendo con el enemigo…

EL AMOR NUNCA DUERME

CAROLE MORTIMER

A Gregorio de la Cruz le daba igual que la inocente Lia Fairbanks lo considerara responsable de haber arruinado su vida. Sin embargo, al comprender que no iba a lograr sacarse a la ardiente pelirroja de la cabeza, decidió no descansar hasta tenerla donde quería…. ¡dispuesta y anhelante en su cama!

Lia estaba decidida a no ceder ante las escandalosas exigencias de Gregorio, a pesar de cómo reaccionaba su cuerpo a la más mínima de sus caricias. Sabía que no podía fiarse de él… pero Gregorio era un hombre muy persuasivo, y Lia no tardaría en descubrir su incapacidad para resistir el sensual embate del millonario a sus sentidos…

Acepte 2 de nuestras mejores novelas de amor GRATIS

¡Y reciba un regalo sorpresa!

Oferta especial de tiempo limitado

Rellene el cupón y envíelo a

Harlequin Reader Service®
3010 Walden Ave.
P.O. Box 1867
Buffalo, N.Y. 14240-1867

¡Sí! Por favor, envíenme 2 novelas de amor de Harlequin (1 Bianca® y 1 Deseo®) gratis, más el regalo sorpresa. Luego remítanme 4 novelas nuevas todos los meses, las cuales recibiré mucho antes de que aparezcan en librerías, y factúrenme al bajo precio de $3,24 cada una, más $0,25 por envío e impuesto de ventas, si corresponde*. Este es el precio total, y es un ahorro de casi el 20% sobre el precio de portada. !Una oferta excelente! Entiendo que el hecho de aceptar estos libros y el regalo no me obliga en forma alguna a la compra de libros adicionales. Y también que puedo devolver cualquier envío y cancelar en cualquier momento. Aún si decido no comprar ningún otro libro de Harlequin, los 2 libros gratis y el regalo sorpresa son míos para siempre.

416 LBN DU7N

Nombre y apellido   (Por favor, letra de molde)

Dirección   Apartamento No.

Ciudad   Estado   Zona postal

Esta oferta se limita a un pedido por hogar y no está disponible para los subscriptores actuales de Deseo® y Bianca®.
*Los términos y precios quedan sujetos a cambios sin aviso previo.
Impuestos de ventas aplican en N.Y.

SPN-03   ©2003 Harlequin Enterprises Limited

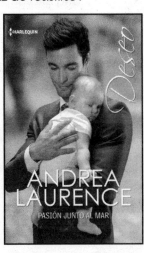

Bianca

**"No deberías quedarte sola esta noche".
Aceptar su propuesta llevaba a
una pecaminosa tentación…**

RESISTIÉNDOSE A UN MILLONARIO

ROBYN DONALD

Elana Grange estaba predispuesta a que le cayera mal Niko
Radcliffe… ¡su reputación de magnate arrogante le precedía!
Así que no estaba preparada para aquella personalidad apasionante y carismática. La intensa química que había entre ellos
le provocaba oleadas de conmoción, sobre todo cuando se vio
obligada a aceptar su ayuda. Elana sabía que en brazos de
Niko encontraría el éxtasis, pero dejar que se acercara tanto le
parecía muy peligroso…